KB074946

아이의 마음이 길이다

동시를 읽는 시간, 어른을 위한

아이의 마음이 길이다

초판 펴낸날 2020년 10월 21일

지은이 윤수천
펴낸이 구난영
펴낸곳 파이돈
책임편집 김선우

출판등록 제406-2018-000042호
주소 108820 경기도 파주시 산남로 183-25, 피앤엠 A동 303호(산남동)
전자우편 phaidonbook@gmail.com
전화 070-4797-9111
팩스 0504-198-7308

ISBN 979-11-963748-3-9 02800
책값은 뒤표지에 있습니다.

이 책에 실린 글은 2018년부터 《경기일보》에 '생각하며 읽는 동시'라는 제목으로 연재된 내용을 수정 및 보완한 것임을 밝힙니다. 아울러 이 책에 인용된 시 작품의 상당수는 저작권자로부터 인용 허락을 받았으나 그렇지 못한 일부 작품들도 있어 추후 연락이 닿는다면 저작권 이용의 절차를 밟도록 하겠습니다.

동시를 읽는 시간, 어른을 위한

아이의 마음이 길이다

윤수천 지음

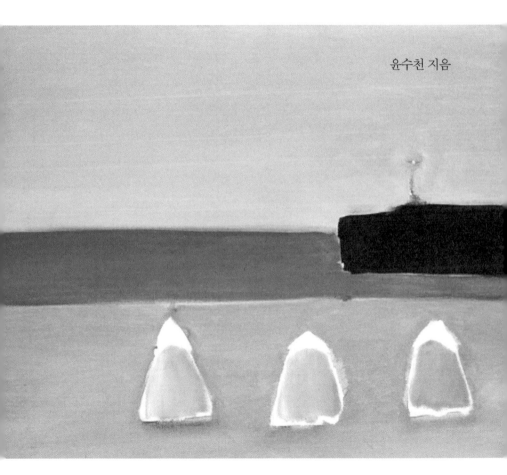

파이돈

어린아이는 천진난만이요, 망각이며, 새로운 시작, 놀이,
스스로의 힘으로 굴러가는 수레바퀴이고,
최초의 운동이자 신성한 긍정이다.

— 니체, 《차라투스트라는 이렇게 말했다》 중에서

우리들의 마음속에도 우물이 있고, 나무가 자라고,
별들이 산다. 나는 지금까지 글을 써 오면서
이 고귀한 것들과 만나는 기쁨을 맛보았다.
동심은 아름다움이다. 이 아름다움을
글을 사랑하는 이들과 함께하고 싶다.

2020년 가을
윤수천

차 례

2부
눈물은 많을수록 좋다

3부
길 잃은 사람의 희망

4부
바다가 전하는 말

5부
저 밤비 같은 사람들이 있어

6부
한 잔의 바다로 마음을 헹구다

1부

혼자이고 외롭지만, 출발점인 그곳

아무도 찾지 않아
춥다고, 외롭다고

산속의 웅덩이가
달님께 기도합니다

달님이
구름을 헤치고
밤새 지켜줍니다.

"네 안에 내가 있지?
나를 꼭 안아보렴

누군가를 사랑하면
가슴이 따뜻하단다."

웅덩인
가슴에 가득
달님을 안습니다.

__홍오선, 〈물웅덩이〉

외아들로 자라서인지 난 어릴 적부터 외로움을 많이 탔다. 가슴에 무엇이든 담지 않고서는 하루도 견디기 어려웠다. 그것이 밤하늘의 별이든, 들녘의 풀꽃이든 상관없었다. 사춘기로 접어들어서는 그 대상이 이성異性으로 바뀌었고 외로움과 그리움은 나이 든 오늘날까지도 나를 놔주지 않고 있다.

　　홍오선 시인의 〈물웅덩이〉를 본 순간 나도 모르게 '아!' 했던 것도 그 때문이리라. '아무도 찾지 않아/춥다고, 외롭다고//산속의 웅덩이가/달님께 기도합니다'. 외로운 웅덩이는 밤하늘의 달님에게 하소연한다. 그러자 달님은 밤새 웅덩이를 지켜주며, 네 안에 내가 있지 않느냐고 말한다. 그러면서 '누군가를 사랑하면/가슴이 따뜻하다.'고 말해준다. 홍오선 시인은 바로 이 말을 하기 위해 웅덩이를 소재로 삼았다. 여기에다 사랑의 대상을 밤하늘의 달님으로 정했다. 물웅덩이와 밤하늘의 달은 서로의 처지부터가 다르고 거리상으로도 까마득하다. 여기에 바로 시인의 노림수(?)가 숨어 있는 것이다.

　　진실로 아름다운 사랑은 이루어질 수 없다는 것. 다만 서로를 그리워하며 살아야 한다는 것. 그것이 어쩌면 영원한 사랑이며, 고단한 삶의 위안이며, 행복이 아니냐는 것. 봄밤에 읽으면 더욱 좋은 시다.

강은
그냥 곧게 흐르면
맘 편하고
훨씬 빠를 텐데

왜 꼬불꼬불 돌아가지?

장마철 모래톱 바위는 굳건히 서 있는지
나무와 폭풍은 이제 사이가 좋아졌는지
산새들은 여전히 알을 품고 있는지
휘휘 둘러보느라

강물은 요리조리
꼬불꼬불 돌아서 간다.

___ 최영재, 〈꼬불꼬불〉

직선으로 흐르는 강은 세상 어디에도 없다. 구불구불 흐르든지, 꼬불꼬불 흐르든지, 곡선으로 흐른다. 그렇게 흘러야 강이다. 강의 아름다움은 바로 그 곡선미曲線美에 있는 것이다. 그런데 알고 보면 곡선은 아름다움에만 그치지 않고 세상과 세상을 끊임없이 연결시켜 준다. 곡선으로 이어지는 저 수많은 길들, 길 위를 달리는 저 바퀴들 ….

최영재 시인은 강이 지닌 곡선의 의미를 동심의 눈으로 잘 풀어 놓았다. 강은 '모래톱 바위', '나무와 폭풍', '산새 알' 등을 둘러보느라 직선을 마다하고 꼬불꼬불해졌다고 썼다. 이 얼마나 기발한 발상인가! '꼬불꼬불'은 단지 통로로서의 의미만 갖는 게 아니다. 만나는 것들을 몸으로 핥고 끌어안는 '포용'의 의미가 훨씬 더 크다.

그러고 보면 강은 어머니의 마음을 닮았다. 어머니가 아기를 품에 안 듯 땅의 구석구석을 품에 안으며 흐른다. 시인은 이를 '휘휘 둘러본다'는 말로 표현했다. 이 또한 어루만지고 보듬어주는 시인만이 지닐 수 있는 언어법言語法이다. 시인은 같은 언어라 할지라도 격하거나 모난 언어 대신 순한 언어를 택한다. 시를 읽으면 마음이 순해지는 이유가 바로 여기에 있는 것. 5월은 마음속에 '시 나무' 한 그루 심는 달이다.

봄, 봄
봄만 찾는 사람들이 얄미워서
가던 길 되돌아와
심술 조금 부렸어요
그냥 살짝 돌아다녔을 뿐인데
많이 놀랐나 봐요

__ 윤동미, 〈꽃샘추위〉

봄은 그냥 오지 않는다. 옷 속을 파고들 만큼의 추위도 데리고 온다. 소위 반
짝 추위다. 이젠 봄이겠지 할 때 꼭 온다. 꼭 심술쟁이 같다. '봄만 찾는 사람
들이 얄미워서/가던 길 되돌아와/심술 조금 부렸지요'. 봄만 좋아하는 사람
들이 밉다고 했다. 그것도 얄밉다고 했다. 그래서 심술을 조금 부렸다고 했다.
참 귀엽다! 이런 게 동심의 시다. 아이의 마음이 아니고서는 쓸 수 없는 시다.
　　그러나 이 동시는 그저 고것만 얘기하지 않는다. 숨겨놓은 비밀이 있다.
뭐고 하면, 좋은 일이 있으려면 꽃샘추위와 같은 시련이 꼭 있다는 것이다.
그것을 이겨냈을 때에야 자신의 '봄'이 온다고 했다. 이 동시는 꽃샘추위를
통해 어린이들에게 참된 삶을 가르쳐주고 있다. 그래서 하는 말인데, 기왕이
면 꽃샘추위 한 주먹쯤 주머니에 넣고 다니는 것도 과히 나쁘진 않을 것 같
다. 왜냐하면 진정한 봄을 누리기 위해서는 '놀람'(?)도 필요할 것 같아서다.
　　한국문학사에 뚜렷한 족적을 남긴 박완서 작가는 그의 산문집에서 상처
는 아무는 것만이 능사가 아니라고 했다. 가끔은 덧을 내야만 지난날의 아픔
을 기억할 수 있다고 했다. 아픔을 기억하고자 하는 것, 그건 좀 더 알맹이 있
는 삶을 살고자 하는 각오가 아닐까 싶다.

현우가 발을 다쳤다
성호 가방을 현우가 메고
성호는 현우를 업고 간다
현우가 성호에게
어깨를 빌려주고
성호는 현우에게
등을 내어주었다
서로 짐이 되고
서로 짐을 져주어도
가볍다

__ 김귀자, 〈짐〉

공을 차다가 발목을 삐었는지, 아니면 장난을 심하게 하다가 다쳤는지 현우가 제대로 걷지 못한다. 그러자 이를 본 성호는 두말하지 않고 얼른 등을 내민다. 현우도 두말하지 않고 성호 등에 업힌다. 대신, 성호 가방을 현우가 졌다. 이윽고 둘이는 학교 운동장을 빠져 나간다. 그들 너머로 홍시보다 붉은 노을이 서서히 내린다.

　이런 광경은 어린 시절엔 흔히 볼 수 있는 광경이다. 발을 다친 친구를 위해 가방을 들어주거나 부축을 해주거나 심지어 등에 없고 집에까지 데려다 주는 우정은 예나 지금이나 변함없지 싶다. 초등학교 시절은 그래서 누구에게나 한 폭의 그림처럼 아름다운 추억으로 남아 있을 듯.

　'현우가 성호에게/어깨를 빌려주고/성호는 현우에게/등을 내주었다'. 그렇다! 우정은 빌려주고 내주는 것이다. 그래도 하나 아깝지 않은 게 우정이다. '서로 짐이 되고/서로 짐을 져주어도/가볍다'. 그 또한 옳은 말이다. 짐은 그 어떤 짐이든 무겁게 마련이지만 경우에 따라서는 가벼울 수도 있는 게 짐이기도 하다. 누가 지라고 해서 지는 게 아닌, 스스로 지는 짐은 가벼울 수가 있는 법. 5월의 푸른 하늘을 올려다보며 저 가난했던 시절에 함께 공부했던 초등학교 얼굴들을 떠올려 보자.

내 신발은 늘 컸어요
엄마는 세상에서 가장 큰 발자국 남기라고
내 발보다 큰 신발을 사다주곤 하셨지요
그런데 내 발이 자라 신발에 맞을 때에도
세상은 내 발에 맞지 않았어요, 엄마
세상의 신발은 언제나 커서
벗겨지기 일쑤였어요
엄마, 미안해요

__이창건, 〈엄마, 미안해요〉

이 동시는 좀 어려운 시다. 엄마가 사다준 신발이 커서 벗겨지기 일쑤였다는 것. 세상은 언제나 내 발에 맞지 않았다는 것. 이를 이해하는 데에는 약간의 도움이 필요할 듯싶다. 그러나 꼭 그렇지만도 않다. 어린이들이라 해도 읽고 나면 어렴풋이 느낌이 들 것이다. 좋은 시는 그런 법이다. 왜, 있잖은가. 좋은 음악은 설혹 모를지라도 들으면 기분이 좋아지지 않던가.

　　좋은 시도 마찬가지다. 당장엔 몰랐다 하더라도 어느 때가 되면 '아, 그래!' 하며 스스로 깨닫기도 한다. 어릴 적엔 몰랐지만 점차 자라면서 알게 되는 세상살이의 '어려움'을 이 동시는 보여준다. 엄마의 기대에 부응하지 못하는 죄스러움과 함께. 그렇지! 우린 너나할 것 없이 어떤 기대치를 안고 태어난 몸들이다. 그러나 그 기대치만큼 자랑스럽게 보여줄 수 있는 사람이 과연 몇이나 될 것인가. 온갖 지혜와 힘을 쥐어짜가며, 주먹을 불끈 쥐고 노력에 노력을 거듭해도 기대치만큼 보여줄 수 없는 게 인간이요, 세상살이이다. 그러다 보니 항상 부끄럽고 죄송하다.

　　'세상의 신발은 언제나 커서/벗겨지기 일쑤였어요/엄마, 미안해요'. 특히 결미 부분이 가슴을 먹먹하게 한다. 참 아픈 시다!

-일 년만 일하고 올게요.

아들네가 떠난 뒤

하루에도 몇 번씩

지구본을 돌리는 할머니

일 년 내내 덥다는 나라

돋보기를 쓰고도

찾기 힘든 나라

-이놈은 왜 이리 삐딱하게 생겼누?

지구본따라

점점

한쪽으로 기울어지는 할머니.

___ 이경애, 〈지구본 때문에〉

오늘날 우리가 이만큼이라도 잘 사는 데는 어려운 여건 속에서도 남 탓하지
않고 악착 같이 땀을 흘린 이들 덕분이 아닌가 여겨진다. 이 시는 가난을 벗
어나기 위해 가족을 이끌고 머나먼 이국땅으로 돈 벌러 간 노동자 가족을 걱
정하는 할머니의 심정을 담았다.

　'-일 년만 일하고 올게요/아들네가 떠난 뒤/하루에도 몇 번씩/지구본을
돌리는 할머니 …'. 지구본을 가져다 놓고 아들이 일한다는 나라를 찾는 할
머니. 눈이 침침한 할머니는 돋보기를 쓰고도 찾기가 쉽지 않다. 게다가 왜
지구본은 요따위로 삐딱하게 도는지. 할머니는 답답하기만 하다. 이야기로
만 보자면 한 편의 동화를 써도 충분할 만하다. 그런 이야기를 단 몇 줄의 시
로 지었다. 꼭 필요한 뼈대만을 추려 한 채의 집을 완성했다. 그러고도 부실
하기는커녕 얼마나 튼튼한가. 시인은 남이 갖지 못한 요런 재주를 가졌다. 뚝
딱, 뚝딱! 언어 몇 개 가지고도 건축미를 자랑한다.

　'-이놈은 왜 이리 삐딱하게 생겼누?/지구본따라/점점/한쪽으로 기울어
지는 할머니.' 지구본과 할머니가 보여주는 이 '관계'의 아름다움이 이 동시
의 백미다. 그리고 이는 '가족'이란 이름으로 독자의 가슴을 촉촉이 적셔준
다. 참 따뜻하고 재미있는 시다.

육지를 벗어나
혼자 있는 섬

따돌림 받는 민영이도
섬이다

혼자 지내는 옆집 할머니도
섬이다

가끔 시무룩한 아빠도
섬이다

배 멀미 참고
섬에
찾아가야겠다

＿박성배, 〈섬에 갈 이유〉

'태어나보니 섬이었다. 둘러보아야 온통 바다뿐, 들리는 것이라고는 파도소리뿐…'. 욕지도가 고향인 언론인 김성우 선생은 자서전격인 수필집에서 이렇게 썼다. 자기를 태어나게 해준 섬을 그 누구보다도 사랑한 사람이다. 박성배 작가의 〈섬에 가야 할 이유〉를 읽고 문득 떠오른 글이다.

세상에 존재하는 섬치고 외롭지 않은 섬이 어디 있으랴. '육지를 벗어나/혼자 있는 섬'. 작가는 첫 연을 이렇게 썼다. 벗어난다는 것, 그건 곧 혼자이고 외롭다는 얘기다. 작가는 여기서만 그치지 않고 섬을 아예 사람들 안으로 옮겼다. '따돌림 받는 민영이도/섬이다//혼자 지내는 옆집 할머니도/섬이다//가끔 시무룩한 아빠도/섬이다'. 인간은 누구 할 것 없이 하나의 섬이고, 섬과 섬 사이에는 바다가 있다는 것. 상대방의 섬을 찾아가기 위해서는 어쩔 수 없이 거친 물살과 배 멀미쯤은 감수해야 한다는 것.

이 시는 인간 상호간의 관계를 시란 그릇에 담았다. 여행을 떠난다면 산도 좋고 바다도 좋지만 호젓한 섬은 어떨까. 육지로부터 멀리 떨어져 혼자 있는 섬을 찾아가는 건 어떨까. 사위四圍가 바다인 그곳에서 '나'를 돌아다보는 일은 또 어떨까. 섬은 종착점이 아니라 출발점의 좌표를 가지고 있다.

등잔불 밑에서 숙제를 마치고
정성껏 연필을 깎아 필통에 넣고
책보를 싸서 방 윗목에 놓고
내일 아침 일찍 서낭당고개를 넘어
십여 리가 짱짱한 신작로 길을
타박타박 걸어 검정치마 흰 저고리
우리 선생님 꿈을 꾸며 잠을 잤다

__조석구, 〈산골에서 크는 아이〉

1950년대에 초등학교를 다닌 아이들은 다들 저랬다. 전기도 없는 방에서 숙제를 했고, 연필을 깎아 글씨를 썼고, 책과 공책을 책보에 싸서 어깨에 둘러 메거나 허리에 동여매고 신작로 길을 타박타박 걸어 학교에 갔다. 이 동시는 어린 날을 회상해 본 작품이다. 산골에 사는 아이의 생활이 고스란히 담겨 있다. 어디, 생활뿐인가. 아이의 순수한 마음이 풀꽃처럼 곱다.

　　아침 햇살처럼 환한 얼굴로 자기를 기다리고 계실 여 선생님의 모습을 그리는 저 산골 아이의 마음은 백지보다도 아름답다. 비록 가난과 궁핍의 어려움 속에서도 기죽지 않고 내일을 향해 꿋꿋하게 자라는 아이들의 꿈이 이 동시 속에 들어 있다. 시인은 올해 여든을 넘었다. 기념으로 펴낸 열두 번째 시집《끝없는 아리아》속에 어린 날의 이야기를 단풍잎처럼 끼워 넣었다. "뒤돌아보면 까마득히 머나먼 지나온 과거가 눈물겹도록 너무나 고맙고 감사하다"고 머리말에 적었다.

　　어찌 시인 혼자만의 마음일까. 그 시절을 함께한 이들은 같은 마음이리라. 밤새 선생님 꿈을 꾸고, 어서 빨리 아침이 오고, 어서 빨리 학교에 가고 싶어 하던 저 아이들. 버스도 안 다니는 신작로 길을 타박타박 걸어가던 그 아이들이 왠지 그리운 날이 있다.

아기는 아직 말을 하나밖에 몰라요
아기의 사전에는 아직 말이 하나밖에 없거든요
강아지나 자동차를 보고도 엄마
수저나 텔레비전을 보고도 엄마
아기에겐 세상 모든 것이 엄마로 통해요
엄마 하나면 통하지 않는 것이 없어요
배가 고픈지 잠이 오는지
말이 통하지 않아도 금방 알아듣는 엄마

__ 손택수, 〈한 개의 단어로 만든 사전〉

며칠 전 수필가 L여사가 손녀를 보았다며 소식을 알려왔다. 바람결에 풀잎이 하늘거리듯 조금은 떨리는 음성으로 알려온 새 생명의 탄생! 지구 한 모퉁이가 갑자기 환해지는 걸 보았다.

　이 시는 '엄마!' 말밖에 모르는 아기를 통해 엄마의 존재 가치를 보여준다. '강아지나 자동차를 보고도 엄마/수저나 텔레비전을 보고도 엄마//아기에겐 세상 모든 것이 엄마로 통해요/엄마 하나면 통하지 않는 것이 없어요'. 이 얼마나 놀랍고도 신선한 표현인가. 온 세상 모든 것이 엄마로 통한다는 것! 그렇다. 아기에게 있어 엄마는 세상 모든 것, 우주나 다름없다. 엄마의 품에 안기면 온 세상이 아기 것이 되고, 엄마 등에 업히면 호랑이나 사자도 무섭지 않다. 여기에다 엄마의 능력은 하나가 더 있다. '배가 고픈지 잠이 오는지/말이 통하지 않아도 금방 알아듣는 엄마'.

　엄마는 아기가 말을 하지 않아도 금방 알아듣고 뭘 요구하는지 알아차린다. 엄마의 수신 안테나는 초능력의 힘을 지녔다. 아기의 마음을 미리 알고 보살펴 준다. 시인은 시를 전문적으로 쓰고 있지만 종종 동시도 빚어 어린이들의 방에 창문을 달아 준다. 오늘은 한 개의 단어로 두툼한 사전을 만들어 어린이들의 머리맡에 놓았다.

바르게 신어도 짝짝이로 보이고

고쳐서 신어도 짝짝이로 보인다

고것 참 희한하게도
벗어놓으면 맞다

__ 김영주, 〈욕실 슬리퍼〉

욕실 슬리퍼는 대체로 오른쪽 왼쪽이 분명하지 않다. 오른쪽인가 싶어서 신어 보면 왼쪽인 걸로 보이고, 왼쪽인가 싶어서 신어 보면 오른쪽인 걸로 보인다. 왜 욕실 슬리퍼는 이처럼 불분명하게 만들어 놓은 것일까? 짐작하건대 실내화인 만큼 수월하게 신으라고 그러지 않았나 싶다. 그래서 하는 말인데, 한 세상을 살다 보면 굳이 오른쪽, 왼쪽을 따지지 않아도 좋은 경우가 참 많다. 오른쪽이면 어떻고, 왼쪽이면 어떤가. 그냥 신발이면 좋듯이 굳이 따지지 않아서 좋은 게 많다. 오히려 명확하게 한다고 하다 보면 편을 가르게 되고 심하면 적을 만드는 경우도 생긴다.

'고것 참 희한하게도/벗어놓으면 맞다'. 이 동시의 백미다. 벗어놓으면 맞는 걸 가지고 굳이 오른쪽이니 왼쪽이니 할 것까지야 없잖은가. 시인이 하고 싶은 말도 바로 여기에 있다. 하찮아 보이는 욕실 실내화를 그냥 지나치지 않은 시인의 눈이 요런 동시를 낳았다.

문학은 의미 없는 것에 의미를 달아주는 일이다. 작고 보잘것없는 일상의 흔한 것들을 그냥 흘려보내지 않고 끌어안는 일이다. 여기에 '재미'를 넣어주는 일이 중요하다. 시나 소설이 재미없다고 한다면 누가 읽어줄 것인가.

카톡

얼굴 붉혀

다투고

헤어진 날

시도 때도 없이

카톡, 카톡!

울더니

헤어질 때

입 꼭 다문

친구처럼

오늘은

톡마저

입 꼭, 다물었다

__ 이재순, 〈카톡〉

카톡의 시대다. 어느 장소 가릴 것 없이 시도 때도 없이 울려대는 저 카톡. 초등학생의 주머니에서도 카톡! 할머니의 핸드백 안에서도 카톡! 회사원 아저씨의 가방 안에서도 카톡! … 카톡, 카톡!

이 동시는 친구와 다투고 헤어진 뒤의 마음을 카톡으로 대신해 보여주고 있다. 뭣 때문에 다투었는지 모르지만, 시도 때도 없이 주고받던 우정(?)의 표현이 한 순간에 뚝 그친 뒤의 그 아쉬움과 허전함을 아이의 마음 그대로 적었다. '헤어질 때/입 꼭 다문/친구처럼//오늘은/톡마저/입 꼭, 다물었다'. 입이란 열려 있어야 음식을 먹을 수 있고, 말을 할 수도 있는 법. 꼭 다문 입은 보는 이를 답답하게 하고 불안하게 한다.

카톡은 어느새 우리 생활 속의 '입'이 되었고, '언어'가 되었다. 그러고 보면 이것은 단지 초기 단계에 불과할 뿐 앞으로의 시대는 더욱 카톡 같은 언어들이 활개를 칠 것 같은 예감이 든다. 그와 함께 잠시라도 카톡이 울리지 않으면 견디기 어려운 나머지 불안한 마음까지 갖게 된다면 … 너무 앞질러 나간 상상일까? 이 글을 쓰는 동안에도 안방의 집사람 스마트폰은 가만있지 않고 카톡! 카톡! 해댄다. 참 별난 세상이다. 카톡! 카톡! 카톡!

밤하늘이 품고 있는 별은
푸른 별이지요
나도 우리 집에선 별이지요

엄마는 나를
안을 때마다
-'내 작은 별' 하고 말하지요
그땐 나도 밤하늘에 안겨 있는 별처럼
어머니의 별이지요

__ 박두순, 〈나도 별이다〉

어린 시절에 만났던 밤하늘은 온통 별밭이었다. 저 광활한 밤하늘에 쏟아져 나왔던 별의 무리. 그러나 요즘엔 별을 보기가 쉽지 않다. 밤이 밤답지 않고 대낮 같기 때문이다. 어두워야 할 밤이 대낮처럼 밝으니 별이 보이지 않는 건 너무도 당연하다. 문명은 참 좋은 것이되 별조차 볼 수 없게 만들었다.

몽골을 다녀온 사람들은 하나같이 초원 위에 펼쳐진 광활한 밤하늘의 별을 잊지 못한다. 이 동시는 밤하늘의 별과 집안의 별을 하나의 의미로 짚어 봤다. '밤하늘이 품고 있는 별은/푸른 별이지요/나도 우리 집에선 별이지요'. 그 이유는 다음 구절에서 명확하게 드러난다. '엄마는 나를/안을 때마다/-' '내 작은 별' 하고 말하지요'. 여기에서 우리가 알아야 할 게 있다. 상대방을 귀한 존재로 위해주는 일이다. 자식에 대한 태도라고 다를 바 없다. 부모한테서 귀한 존재로 사랑을 받은 자식은 자기 자신을 아끼고 사랑할 것이며 남을 또한 그렇게 대할 것이다.

최근 들어 청소년의 범죄가 급증하는 이유 중 하나는 사랑을 받지 못하고 자란 불우아동이 적지 않다는 데 있다. '화목한 가정은 건강한 사회를 이룩한다' 는 말도 그래서 나왔다. 밤하늘의 별처럼 어여쁜 집안의 별들이 많이 나오기를 손 모아 빈다.

2부

눈물은 많을수록 좋다

뾰족뾰족한 쇠가시들이
뱀의 이빨처럼
독을 품고 있는
가시 철조망
50년 동안
꾸불텅 꾸불텅
휴전선 산허리 강을 끼고
길게 길게 누워 있다.
이것들을 걷어 낼 날은 언제일까?

＿ 권오삼, 〈가시 철조망〉

휴전선은 남과 북을 가르는 군사분계선이다. 이는 6·25전쟁이 1953년 7월 27일 22시에 휴전됨으로써 한반도의 가운데를 가로질러 설정됐다. 총 길이는 155마일. 어느새 67년이란 세월이 흘렀다.

'50년 동안/꾸불텅 꾸불텅/휴전선 산허리 강을 끼고/길게 길게 누워 있다.' 권오삼 시인은 휴전선을 따라 길게 누워 있는 가시철조망을 가슴 아파하며 이 시를 썼다. 가고 싶어도 가지 못하고, 오고 싶어도 오지 못하는 휴전선은 민족의 슬픔이자 아픔이다. 8월은 광복의 달, 그러나 저 가시철조망을 그대로 둔 채 어떻게 광복의 기쁨을 노래할 수 있을 것인가. 그런 의미에서 통일은 민족의 소원이자 역사적 과업이 아닐 수 없다.

'우리의 소원은 통일/꿈에도 소원은 통일 …' 이 노래를 안 부르고 자란 어른들이 있을까? '휴전 결사반대'를 외치며 단상에 올라 혈서를 쓰던 선배들의 얼굴이 지금도 선명하게 떠오른다. '이것들을 걷어 낼 날은 언제일까?'. 시인은 하늘을 올려다보며 묻고 또 묻는다. 가시철조망은 이 땅의 아픔이면서 우리 모두의 고통이다. 시의 구절처럼 하루 속히 걷어내야 하는데, 어찌자고 세월만 자꾸 가는가.

밤하늘이
보석 상자를 열면

호수는
별을 담는 쟁반이 된다

___ 한은선, 〈별쟁반〉

여름밤은 별밭이다. 온 밤하늘의 별들이 다 쏟아져 나온다. 마치 별들이 잔치를 벌이는 것 같다. 어렸을 적엔 밤하늘의 별을 따겠다고 장대를 들고 뒷동산에 오른 적이 있었다. 그런데 꼭 한 뼘이 모자랐다. 그래서 다음날엔 장대 끝에 막대기를 매달아 들고 올라갔지만 여전히 한 뼘이 또 모자라는 것이었다.

이 시를 읽으며 필자와 같은 어린 날의 추억을 떠올리는 이도 있을 줄 안다. 별은 먼 곳에 있어야 아름답다. 그리고 별의 바탕은 어둠이어야 한다. '밤하늘이/보석 상자를 열면.' 시인은 별을 보석 상자로 보았다. 꿈과 이상을 지닌 보석 상자! '호수는/별을 담는 쟁반이 된다'. 호수는 누구일까? 세상의 어린이란 어린이는 모두 호수가 되지 않을까? 세속에 물들지 않은 순수한 마음만을 지닌 어린이! 그 어린이만이 별을 안을 수 있다.

'별쟁반'이란 제목도 참 신선하다. 별을 담는 쟁반, 이 얼마나 참신한가. 시인은 새로운 발상에, 새로운 언어를 만들 줄도 알아야 한다. 여기에 상상력과 창의력도 필요로 한다. 무엇보다도 마음이 맑아야 한다. 이슬 같고 풀잎 같은 마음이라야 시의 세상과 통할 수 있다. 여름에는 쟁반 하나씩을 들고 별을 담으러 산으로, 들로 나가보는 건 어떨까.

햇볕 따가운 유월
산딸나무 꽃 시원하게 피었다
먼빛으로 산딸나무 꽃은 나비다
수백 마리의 하얀 나비 떼다
산새에게 쫓긴 나비 산딸나무 품으로 날아든다
산딸나무 꽃에 숨어 산새의 부리를 피한다
산신이 키우는 나무 산딸나무
흰나비 꽃 피었다

__ 임종삼, 〈산딸나무〉

유월 초여름의 숲은 온통 초록빛의 향연이다. 산 계곡의 나무들 대부분은 서로 비슷비슷하여 누군지 찾아내기가 쉽지 않다. 그러나 수많은 나무들의 향연 속에서도 우리들 눈에 금방 들어오는 나무가 있다. 바로 새하얀 산딸나무다.

이 시는 유월 속의 산딸나무를 나비로 보았다. '산딸나무 꽃 시원하게 피었다/먼빛으로 산딸나무 꽃은 나비다/수백 마리의 하얀 나비 떼다'. 그 나비들이 찾아드는 유월의 산은 또 하나의 어머니다. 재미있는 것은 그 수백 마리의 나비들이 산새에게 쫓긴다고 보았다. 산새의 부리를 피하기 위해 산딸나무 품으로 날아든다고 하였다. '산신이 키우는 나무 산딸나무/흰나비 꽃 피었다'.

시는 활자로 된 문학이지만 때론 음악이 되기도 하고, 그림이 되기도 한다. 이 시는 활자의 세계를 뛰어넘어 색채를 가진 그림으로서도 제 몫을 하고 있다. 유월의 따가운 햇볕과, 저 새하얀 산딸나무 꽃과, 수백 마리의 나비 떼 …. 이 동시를 읽은 독자들의 머릿속은 강렬한 빛 속을 부유하는 나비들의 저 날갯짓을 보며 무한한 상상력을 펼칠 것이다. 유월은 꿈을 꾸기 좋은 계절, 우리 모두 흰나비가 되어 초록빛 자연 속으로 훨훨 날아보는 건 어떨지.

무엇을 가리켜야 할지
깊은 생각에 잠겼다

갖고 싶은 것 모두
가리키고 싶지만

손가락은
거친 엄마의 손등을 보고
다시 한번 생각한다

하고 싶다고
갖고 싶다고
이것 저것 가리키면
안 된다는 것을.

___ 최향, 〈손가락〉

법정 스님 같이 '무소유'의 삶을 산 이도 있지만, 인간은 어디까지나 소유의 동물이다. 어른 아이 할 것 없이 다 똑 같다. 인생의 길에는 갖고 싶은 게 왜 그리도 많은지. 이 동시는 손가락을 내세워 인간의 소유욕에 대한 경계심을 타이른다.

'갖고 싶은 것을 가리켜 보라'고 했을 때 무엇을 가리켜야 할지 고민에 빠진 아이의 손가락. 마음 같아서는 눈에 보이는 모든 것을 다 가리키고 싶은데, 하필이면 그때 엄마의 거친 손등이 떠오른다. 평생 가족을 위해 살림을 꾸리느라 나무껍질처럼 거칠어진 손, 크림 한 번 발라보지 못한 억센 손 ···. 그 손은 '이것저것 가리키면 안 된다'는 것을 말해 주고 있다.

그러고 보니 이 땅의 어머니들도 그렇게 살았다. 전쟁과 가난의 세월 속에서 한가정의 살림을 꾸려나가기 위해서는 그리 살지 않으면 안되었다. 이만큼이라도 사는 데는 그렇게 바보처럼 산 어머니들의 노고가 밑바탕에 깔려 있다.

이 동시를 쓴 시인의 어머니도 그런 어머니였을 것이다. 그 어머니의 삶을 하나의 거울로 삼은 시다. 자기 몸을 방패 삼아 자식들의 안위와 장래를 위하는 데 행복의 의미를 두었던 이 땅의 어머니들에게 바치는 헌시獻詩이기도 하다. 참 예쁘다!

쭈글쭈글 움츠렸던 때 묻은 옷이
세탁소를 갔다 오더니
태도가 달라졌다
어깨를 당당히 세우고
허리를 쫙 폈다
세탁소 아저씨가
어떻게 살아야 하는지
확실히 알려준 모양이다

__ 신복순, 〈당당히 살자〉

이 동시를 읽기 전엔 세탁소는 단지 옷만 세탁하는 줄 알았다. 그런데 그것만이 아니라는 새로운 사실을 안 지금, 나는 세탁소 주인을 다시 생각하게 되었다. 옷만 세탁하는 게 아니라 사람도 세탁해서 내보내는 사회교육자!

'쭈글쭈글 움츠렸던 때 묻은 옷이/세탁소를 갔다 오더니/태도가 달라졌다'. 태도가 달라졌다는 말이 참 재미있다. 어떻게 달라졌기에 '달라졌다'고 했을까? '어깨를 당당히 세우고/허리를 쫙 폈다'. 하하, 이쯤 되면 옷은 단순한 의상이 아니다. 그럼, 뭘까? 사람이다! 그렇다면 어떻게 살아야 할까? 다른 것은 몰라도 한 가지 분명한 게 있다. 사람답게 사는 일이다. 누구 앞에 나서도 당당할 수 있는 삶. 어깨를 세우고 허리를 꼿꼿하게 펼 수 있는 삶. 그런데 말이 쉽지 그게 보통 어려운 일이 아니란 걸 살아가면서 깨닫는다. 알게 모르게 당당하지 못했던 부끄러웠던 일이 얼마나 많았던가.

때가 빠진 깨끗한 옷을 입을 때 '얼룩진' 자신을 돌아본 이가 과연 몇이나 될까. 옷 속에 감춰진 자신의 모습을 가끔은 들여다볼 일이다. 옷을 사람으로 본 시인의 눈에 경의를 표하고 싶다.

첫 봉사활동을 했다.

유치원 다니는 꼬마들에게
그림책을 읽어 주었다.
베트남에서 온 아줌마도 있었다.
노란 앞치마를 두른
건우가 책을 들고
진희와 나는 한쪽씩 나눠 읽었다.
꽃그림을 실컷 보라고
꽃처럼 오래 서 있었다.

건우는 코밑에서 땀이 났고
진희는 귀가 조금 빨갛다.
나는 배가 많이 고프다.

__ 추필숙, 〈도서관 삼총사〉

개구쟁이들이 큰맘 먹고 봉사활동에 나섰나 보다. 도서관에서 유치원 꼬마들에게 그림책 읽어주기. 반짝이는 눈에 귀를 쫑긋 세운 유치원생들 앞에서 건우는 책을 펴들었고 진희와 나는 그림책을 한쪽씩 나눠 읽는다. 그림책 듣기엔 이들 유치원 꼬마들만 참석한 게 아니다. 언제 왔는지 베트남에서 온 아줌마도 슬며시 끼어 앉았다. 그 풍경이 참 정겹다.

'그림책을 실컷 보라고/꽃처럼 오래 서 있었다.' 봉사활동에 나선 개구쟁이들의 마음이 평소와는 달리 대견스럽다. 그림책을 펴든 손이 아프고 다리가 저려도 꼬마들을 위해 이를 꾹 참는 개구쟁이들의 모습이 미소를 짓게 해준다. 드디어 그림책 읽어주기 봉사를 다 마쳤다. '건우는 코밑에서 땀이 났고/진희는 귀가 조금 빨갛다./나는 배가 많이 고프다.' 이 얼마나 솔직한 표현인가. 보람을 느꼈다느니, 뭐다 했다면 그건 개구쟁이들 마음이 아니라 억지로 갖다 붙인 어른의 마음이다.

아이들의 마음을 느낀 그대로 옮긴 요 표현 때문에 동시가 살았다. 한때 동시가 어른들만의 전유물인 때가 있었다. 소위 '문학성' 어쩌고저쩌고할 때다. 요즘엔 그런 동시를 찾아보기 어렵다. 다행스런 일이다.

할머니가 돌아가시고

아빠는 국을 먹을 때마다 웁니다.

외할머니 돌아가시고

엄마는 국을 끓일 때마다 웁니다.

할머니들이

국에 엄청 매운 걸 넣었나 봅니다.

___ 김민중, 〈국〉

누군가를 그리워할 사람이 있는 이는 행복한 사람이다. 길을 가다가 문득, 음악을 듣다가 문득, 음식을 먹다가 문득 …. 반대로 누군가에게 그리움의 대상이 되는 이 역시 행복한 사람이다. 그 많은 사람 속에서 자기를 기억해 준다는 게 얼마나 고마운 일인가 말이다.

인간은 기억의 동물로 평생을 산다. 누군가를 잊지 못하며 산다. 이 동시는 '국-어머니-눈물'로 이어지는 이야기를 담았다. 아빠는 국을 먹을 때마다 할머니를 생각하고, 엄마는 국을 끓일 때마다 외할머니를 생각한다. 그러니 결국 두 사람은 자기 어머니를 그리워하고 있는 것이다. 재미있는 것은 '할머니들이/국에 엄청 매운 것을 넣었나 봅니다.' 하는 마지막 구절이다. 시인은 어머니의 지극한 사랑을 '엄청 매운 것'으로 표현했다. 엄청 맵기 때문에 눈물이 난다고 했다.

그래서 하는 말인데, 어떤 인연으로든 만났으면 엄청 '매운 것'을 넣어주는 사람이어야 하지 않을까? 부모와 자식 간에는 말할 것도 없고, 스승과 제자 간에도, 친구 간에도, 이웃 간에도 …. 그러다가 울기만 하면 어떻게 하겠느냐고? 눈물은 많을수록 좋다고 본다. 눈물은 사람을 정화하고 세상을 청결하게 해준다.

은희와 할아버지가
공원길을 걸어갑니다
세 살배기 은희가
걸음을 멈추고 꽃들을 가리키며
"아이, 참 이쁘다!" 합니다
"아니, 은희가 더 이쁘지요~"
할아버지의 말씀입니다
"진짜?"
"하늘 땅땅만큼!"
은희와 할아버지가 손뼉을 칩니다
나풀나풀 춤추던 노란 나비가
은희 머리 위에 앉았습니다.

__ 임병호, 〈손녀와 할아버지〉

촌수로만 따지자면 할아버지와 손녀는 조금 먼 사이다. 둘 사이에 엄마 아빠가 있기 때문이다. 그런데 친함으로 따지자면 엄마 아빠보다 더하면 더했지 결코 덜하지 않다. 엄마 아빠한테 하지 못하는 어리광을 할아버지나 할머니한테는 얼마든지 부릴 수가 있고, 할아버지나 할머니는 기다렸다는 듯이 받아주기 때문이다.

이 동시는 손녀의 어리광과 할아버지의 유머스런 사랑을 이야기하듯 보여준다. 공원에 나온 할아버지와 손녀 은희가 꽃을 보며 나누는 대화가 산들바람처럼 간지럽다. 여기에 노랑나비까지 날아들었다. '꽃보다 예쁜 은희'란 할아버지의 말에 "진짜?" 하며 되묻는 손녀의 저 앙증스런 물음이 얼마나 귀여운가. 여기에다 "하늘 땅땅만큼!" 하는 할아버지의 저 대꾸가 또한 맛소금이다. '나풀나풀 춤추던 노란 나비가/은희 머리 위에 앉았습니다.' 할아버지와 손녀의 대화에 화답이라도 하듯 은희 머리에 살포시 내려앉은 나비는 이 동시를 빛내주는 배경이자 풍경이 아닐 수 없다.

시인은 자유시와 시조에다 동시까지 넘나들며 자유자재로 쓴다. 수원에서 태어나 수원을 한 발짝도 떠나지 않은 수원 토박이 시인이다. 손녀를 키우며 느낀 회포를 한 폭의 수채화로 그렸다.

아버지 술심부름 길

유년의 들녘에

산딸기 달큰 익어 침 흘리던 육즙의 시간

쪼그려 따 먹는 재미에

해 지는 줄 몰랐네

50원 지전은

햇살 더불어 사라지고

풀 죽어 돌아온 내게 떨어지는 불벼락

아뿔싸, 달콤한 그 맛에

내 영혼을 팔았구나

__ 임애월, 〈산딸기에 관하여〉

어렸을 적에 부모님의 심부름을 안 해본 어린이는 거의 없을 것이다. 작든 크든, 한두 가지씩은 해 드린 경험을 가지고 있을 것이다. 이 동시는 아버지 술심부름을 하게 된 아이(시인)가 산딸기에 정신이 팔려 술심부름을 까맣게 잊어먹고 하루해를 마냥 즐기다가 아버지한테 혼구멍이 난 이야기다.

자꾸 눈길이 가는 곳은 시골 아이와 산딸기의 순수한 만남이다. 때 묻지 않은 저 동심과 오염되지 않은 자연과의 만남. 이 얼마나 행복한가! 사람의 일생에서 유년이 없다면 얼마나 쓸쓸할까 싶다. 무지개처럼 가장 아름답고 순수한 그 시절이 있음으로 해서 인생은 두고두고 돌아볼 '추억'이란 재산을 지닐 수가 있는 것이다.

추억은 연금이다. 외롭고 쓸쓸할 때 언제라도 돌려받을 수 있는 노후의 즐거움이다. 시인은 어린 날 아버지와의 추억을 연민의 정으로 풀어 놓았다. '50원 지전은/햇살 더불어 사라지고/풀 죽어 돌아온 내게 떨어지는 불벼락'. 아버지의 불벼락 속엔 자식에 대한 걱정도 포함돼 있을 성싶다. 여태까지 어딜 가서 뭐하고 있는지. 누구랑 싸우지나 않았는지. 시인은 하고 싶은 말을 숨겨 놓을 줄도 알아야 한다. '아뿔싸, 달콤한 그 맛에/내 영혼을 팔았구나'. 아버지에 대한 뉘우침이 독자의 심금에 파란 물무늬를 놓았다.

하늘이 회색으로 무겁게 보이면
할머니 말씀
"눈이 오려나 보다."
"비가 오려나?"
얼추 맞추시는 할머니.

하늘 한 번 올려다 보고
하늘을 읽을 수 있으려면
얼마큼 하늘을 보아야
하는 것일까?
얼마나 틀린 다음
알게 되는 일일까?

___ 정두리, 〈하늘을 보면〉

나이를 먹는다는 건 단순히 숫자로만 따질 수 없는 그 '무엇'을 지닌다. 이를 경험이라고 해도 좋겠고 경륜이라고 해도 좋을 것 같다. 이는 과학 문명이 발달한 오늘날까지도 우리들이 무시할 수 없는 삶의 지혜가 아닌가 한다. 이 동시 속의 할머니는 바로 그 주인공이다. 하늘이 회색인 것을 보자 머뭇거림도 없이 그날의 날씨를 점지해 주신다. '눈이 오려나 보다./비가 오려나?'. 그리고 신기하게도 용케 알아맞히신다.

이 동시에서 주목해야 할 것은 '얼마큼 하늘을 보아야/하는 것일까?/얼마나 틀린 다음/알게 되는 일일까?'이다. 할머니가 하늘을 보고 그날의 날씨를 점지하기까지는 숱한 세월이 있었다는 걸 말해준다. 그렇다! 경험은 하루아침에 이루어지는 게 아니다. 숫자로 셀 수 없는 '틀림'이 있었기에 '맞춤'이 있다는 것. 여기서 틀림을 다른 말로 하자면 '실패'라고도 할 수 있겠다.

이 시는 단순히 날씨에 관한 의미를 넘어 우리네 인생살이를 이야기해주고 있다. '실패 없는 인생'이 어디 있겠는가 하고 말이다. 백번 옳은 말이다! 누구를 막론하고 실패하지 않은 인생은 없다. 중요한 것은 그 실패 다음이다. 그대로 주저앉았는가? 아니면 떨치고 일어났는가? 할머니의 날씨 예보 하나로 많은 것을 생각하게 하는 시다.

침침한 거실에
걸어놓은
내 사진 보고

"오메, 환한 거!"
기뻐하시는 모습에서
알 수 있지.

할머니께
난
빛이라는 걸.

＿박정식, 〈빛〉

아이들은 집안의 꽃이다. 언제 봐도 환한 꽃이다. 그 꽃 덕분에 집안엔 웃음
이 피어나고 사람 사는 즐거움이 넘친다. 시인은 이 꽃을 '빛'으로 보았다. 거
실에 걸린 손주의 사진이 온 집안을 환하게 한다고 했다. 어디 거실뿐이겠는
가. 아이들이 있는 곳은 어느 곳이든 다 환하다. 거리며, 공원이며, 버스 안이
며 …. 아이들은 세상의 빛이다.

　생전의 천상병 시인은 아이들을 무척 좋아했다. 오죽했으면 시집 제목을
'요놈 요놈 요 이쁜 놈'이라고 했을까. 뿐만 아니라 '어린이들은/보면 볼수록
좋다/잘 커서 큰일해다오.' 라고 노래했다. 헌데 언제부턴가 이 빛들이 자꾸
가물가물해지고 있어 걱정이다. 아이를 안 낳으니 빛도 안 생긴다. 내 어릴
적엔 동네마다 아기 울음소리가 그치지 않았다. 앞집에서도, 옆집에서도, 뒷
집에서도, 그 반짝이는 빛들로 가득 찼던 아침을 나는 지금도 또렷하게 기억
하고 있다. 그 맑고 투명했던 저 생명의 소리들. 가난한 살림살이 속에서도
웃을 수 있었던 것 또한 저 어린 것들 덕분이었다.

　'오메, 환한 거!' 시인은 요 한 마디로 아이의 존재 가치를 말했다. 이보
다 더 적확한 표현이 어디 있을 것인가. 어린이는 미래의 희망이다. 세상의
빛이다!

뚝딱뚝딱,
아빠가 만들어 놓은
새 모이통.
너무
엉성해 보여
속으로 '치 …'했는데
새 식구가 생겼어요.
참새 가족, 박새 가족이
이사왔어요.
매일 아침,
일어나라고 밥 달라고
짹짹짹, 찌지지지.

__ 송승태, 〈식구가 생겼어요〉

산길을 가다 보면 나무에 매달아 놓은 새 모이통을 볼 수 있다. 배고픈 새들
이 찾아와 모이를 먹고 가라는 배려의 차원에서 달아 놓은 모이통이다. 산
을 좋아하는 아빠가 산길의 모이통을 본 모양이다. 어느 날, 서툰 솜씨로 뚝
딱거리더니 새 모이통을 만들어 놓았다. 첫 눈에도 엉성하기 짝이 없다. 아
이는 말 대신 "치 …" 하며 웃는다. 그런데 며칠 뒤에 보니 이 엉성하기 짝이
없는 모이통에 새 식구가 이사를 왔다. 그것도 참새 가족과 박새 가족, 두 가
족이다. 갑자기 집안이 떠들썩해진다. '매일 아침,/일어나라고 밥 달라고/짹
짹짹, 찌지지지.'

　　이 동시는 새들과 더불어 사는 가족의 집안 풍경을 어린이의 눈으로 보
았다. 참 따뜻하다. 사람과 새가 더불어 사는 세상! 이쯤 되면 더할 수 없는
삶의 즐거움이자 행복이다. 어디 새뿐이어야 할까. 너구리, 여우, 늑대, 고슴
도치 …. 또 있다. 나무, 바위, 돌멩이, 시냇물 …. 더불어 살아야 할 것은 이 밖
에도 참 많다. 곧 우리를 둘러싼 저 너른 자연이 모두 한 가족이다.

　　하지만 둘러보면 사정은 너무도 삭막하다. 개발이라는 이름으로 자행돼
왔고, 지금도 계속되는 저 자연 파괴. 그리고 동물 학대. 이 동시는 그에 대한
안타까움이자 항변의 반어법이다.

3부

길 잃은 사람의 희망

버리고 떠난
시골 빈 집

돌담
틈새로 새어나온
귀뚜라미 울음소리만
담에 기대어

환한 달빛 아래
오늘 밤도
잠 안 자고
목이 쉬도록
애타게 주인을 부릅니다.

끼루루 끼루루
깊은 가을밤

__ 박지현, 〈시골 빈 집〉

몇 해 전 일본 여행에서 본 것 중 하나는 빈 집이 많은 시골 풍경이었다. 굳게 닫힌 창문, 아무 것도 널린 게 없는 마당 안의 빈 빨랫줄, 사람의 그림자조차 찾아보기 힘든 동네 …. 남의 나라이긴 해도 시골이 황폐화된 걸 보는 기분은 여행의 맛을 씁쓰레하게 하였다.

언젠가부터 우리나라에도 시골에 빈 집이 생기기 시작하더니 요즘엔 그 현상이 날로 두드러지고 있다. 도시를 조금만 벗어나면 흔히 마주칠 수 있는 저 황량한 시골 풍경, 시골이 죽어가는 걸 보는 마음은 어둡다 못해 아프다. 〈시골 빈 집〉은 버리고 떠난 빈 집을 회색빛깔로 보여준다. 도시로 가면서 팽개치고 간 집, 달빛만 가득한 마당, 귀뚜라미 울음만이 들리는 텅 빈 집. 박지현 시인은 이런 시골 풍경을 아픈 마음으로 시 속에 담았다. 그러면서 '빈 집'을 통해 공중에 뜬 우리들의 삶의 모습을 드러내 보여주고 있다.

시골집은 단순히 낡은 집이 아니라 우리들의 정신적 고향임을 암시하고 있는 것. 그 집은 우리들의 아버지 어머니가, 그 위로는 할아버지 할머니가 살았던 삶의 터전이다. 여기에서 '끼루루 끼루루' 애타게 주인을 부르는 귀뚜라미 울음소리는 다름 아닌 시인 자신이다. 그리고 어쩌면 고향을 잃어버린 우리들 자신이라는 생각도 든다.

산길을 걷다가
길을 잃었다.
한참을 헤매는데
말소리가 들려왔다.
캄캄한 바다 등대 같은
사람 소리
사람이 길이 된다는 걸
처음 알았다.

__ 최미애, 〈사람 길〉

산에서 길을 잃어 본 사람은 안다. 처음엔 쉬이 찾겠지 했지만 시간이 지날수록 그게 아니라는 걸 깨달으면서 급기야 더럭 겁이 나기까지 한다. 그게 혼자였다면 그리고 날이 어두워지는 시각이었다면 더더욱 조바심이 날 것이다.

이 시는 산에서 길을 잃어 본 경험을 담았다. 어둠이 내려앉은 캄캄한 산. 우거진 나무속을 이리저리 헤매어도 좀처럼 나타나지 않는 길. 여기에다 불안을 가중시키는 새 울음소리. '한참을 헤매는데/말소리가 들려왔다.//캄캄한 바다 등대 같은/사람 소리'. 이때처럼 사람 소리가 반가운 건 없을 것이다. 칠흑 같은 바다에서 등대를 발견한 순간의 환호와도 같았을 것이다.

'사람이 길이 된다는 걸/처음 알았다.' 요 구절이 이 시의 백미다. 어두운 산속에서 찾아낸 사람 소리가 길 잃은 사람의 희망이 된 것이다. 어디 산길뿐이겠는가. 우리가 사는 세상 속에서도 사람의 소리는 빛이요, 희망이다. 어려울 때 손을 잡아주는 사람, 등을 내미는 사람, 어깨동무를 해주는 사람 …. 그래야 세상은 살 만한 곳 아니겠는가. 코로나 바이러스로 다들 힘겨운 시절을 겪고 있다. 이럴수록 사람 소리가 들려야 하리라. 사람이 길이 된다고 하지 않는가!

눈 맞춰주는 이
하나 없어도
쓸쓸하지 않아
이름 불러주는 이
하나 없어도
외롭지 않아
들녘 여기저기
마구 피어서
예쁘게 수놓으면 그뿐 …
아무런 꾸밈없이
아무런 욕심없이
피었다 진다.

__ 김소운, 〈들꽃은〉

꽃도 자리가 있다. 잘 가꿔진 정원 안에서 주인의 사랑을 듬뿍 받는 꽃이 있는가 하면, 민가民家와는 거리가 먼 들판에서 피었다가 지는 꽃도 있다.

　이 시는 정원과는 거리가 먼 들녘의 풀꽃에 바치는 헌시이기도 하다. 아무도 봐주지 않고, 게다가 이름조차 불러주지 않는 들꽃. 그러나 들꽃은 아무래도 괜찮다고 스스로 위로한다. 오로지 예쁘게 꽃을 피워 들녘을 자신의 꽃으로 수놓으면 그뿐이라고 생각한다. 그게 신이 자신에게 준 운명이라고 생각한다. 얼마나 어여쁜가.

　살아가면서 느끼는 것 중 하나는 자기 자리에서 묵묵히 주어진 삶을 살아간다는 것, 욕심 내지 않고 자기 삶을 사랑한다는 것, 이게 바로 아름다운 일생이란 것!

　최근 들어 몇 통의 부고장을 받으면서 생각난 게 이 시다. 한 세상 사는 일이 들꽃과 크게 다르지 않다. 누가 봐주거나 이름 불러주지 않아도 한 세상 스스로 자위하며 살아가는 일은 어쩌면 가장 인간다운 삶이 아니겠는가. 들꽃을 보러 들녘에라도 나가야겠다.

내 마음의
보름달
하늘에 걸자
달은 수직으로 나를 내려본다

사람으로 사람답게 살고 있는지.

___ 장덕천, 〈한가위 날에〉

보름달은 꼭 하늘에만 있는 게 아니다. 사람들의 마음 안에도 보름달이 있다. 그런데 그 마음 안의 보름달을 한 번도 제대로 보지 못한 채 사는 이들이 의외로 많다.

이 시는 마음 안의 보름달을 하늘에 걸자고 귀띔한다. 사는 게 힘들어서, 앞만 보고 달리느라 정신이 없어서, 이것저것 신경 쓸 게 많아서, 모든 게 귀찮아서 그렇게 잊고 살았던 마음 안의 저 보름달. 이 동시에서 보름달은 그냥 보름달이 아니라 자신을 비쳐볼 수 있는 '삶의 거울'이다. 사람으로 태어나 제대로 살아왔는지, 나 좀 잘 살겠다고 남에게 피해를 주진 않았는지, 앞으로는 어떻게 살 것인지 … 거울에 비친 자기 얼굴을 찬찬히 들여다보잖다.

추석에 뜨는 달을 보름달이라고 한다. 추석은 일 년 동안 땀 흘려 일한 결과물인 햇곡식과 과일로 차례를 지내고 친지와 이웃이 한데 어울려 둥근 보름달 아래서 삶의 기쁨을 누리는 가장 큰 명절이다. 이 시는 추석에 딱 어울린다. 그러면서 밤하늘의 보름달만 바라보지 말고 마음 안의 보름달도 함께 보잖다. '사람으로 사람답게 살고 있는지'. 이를 다른 말로 하자면 사람으로 태어난 이상 우리 모두 '사람답게' 살잖다. 부모는 부모답게, 자식은 자식답게. 무엇보다도 인간답게!

가을 산이
반성을 한다

제 몸 불리기에 바빴던
지난날 부끄러워
온몸 벌겋게 달아올랐다

__ 곽해룡, 〈단풍〉

가을 산이 반성을 하다니!

가을의 아름다움은 뭐니 뭐니 해도 단풍이 든 산이다. 해서 사람들은 이를 놓칠 세라 주말이면 너도나도 산행에 열을 올리곤 한다. 어디 일반인뿐인가. 글을 써서 먹고사는 사람들도 가을 산은 고맙기 그지없는 '밥상'이다. 저 주홍빛으로 물들다 못해 붉게 타는 단풍을 놔두고 뭘 쓴다는 말인가.

헌데 이 동시는 좀 이상하다. 가을 산이 반성을 하다니! 지금까지 가을 산을 이렇게 말한 이는 없었다. 하나같이 아름다움의 대명사로 칭송을 했지 '반성'이란 말을 넣어 나무란 사람은 없었다. 이 시의 매력은 바로 여기에 있다. 남들과 다른 시선 그리고 자기만의 표현. '제 몸 불리기에 바빴던/지난날 부끄러워/온몸 벌겋게 달아올랐다'. 어찌 보면 가을 산이 화를 낼 만도 하고 산행 좋아하는 이들 또한 고약한 시인이라고 얼굴을 붉힐 것 같다. 그런데 또 이상하다. 그럼에도 불구하고 그 '벌겋게 달아오른 산'이 왜 조금도 밉지 않은가. 오히려 부끄러워하는 가을 산이 그지없이 예뻐 보이지 않는가. 그건 마치 엄마한테서 꾸중을 들은 천진스런 아이가 닭똥 같은 눈물을 뚝뚝 흘릴 때의 그 귀여움 같아 보인다.

아, 가을은 단풍의 계절이다! 가까운 산에라도 올라 우리 모두 단풍이 돼 보면 어떨까.

아가가 두 팔로
기지개 켜네.

눈을 꼬옥 감고
기지개 켜네.

얼마나 컸을까?
고 사이에…

꼬옥 눈감은
고 사이에…

__ 문삼석, 〈기지개 켜네〉

세상의 아기들은 먹고 자는 게 일이다. 그러면서 큰다. 몰래몰래 큰다. 성미 급한 이의 눈엔 보이지 않는 아기의 성장. 그러나 엄마와 아빠만은 아기가 자라는 것을 느낄 수가 있다.

"꼬옥 감은 눈, 오물거리는 입, 살며시 켜는 기지개 … 이 얼마나 평화롭고 귀여운가." 어린이의 아버지로 불리는 방정환 선생은 무릎 위에서 잠을 자는 어린이를 보고 이렇게 감탄하였다. "평화라는 평화 중에서 그중 훌륭한 평화만을 골라 가진 것이 어린이의 잠자는 얼굴"이라고.

그는 여기서만 그치지 않고 잠자는 어린이를 하느님으로까지 표현하였다. 조금도 이상할 게 없는 것이, 아기의 잠든 얼굴을 찬찬히 들여다보라! 욕심이라곤 티끌만큼도 없는 착하디착한 저 순진무구한 모습을 무엇으로 말해야 제대로 표현했다 하겠는가.

아기를 가진 부모의 입장에서는 이보다 더 큰 삶의 기쁨도 없다. 사는 일이 팍팍하고 힘들다 할지라도 그저 하루하루가 기쁘고 감사할 따름이리라.

한 마디
한 마디
다짐하며 자라지요.

마디마다
굳은살
박히도록

곧게 살자
푸르게 살자
마음일랑 비우자

어른이 되어도
그 다짐
잊을 줄 모르지요.

__ 유희윤, 〈대나무〉

비 내린 뒤의 대나무밭처럼 왕성한 푸른 기운이 어디 또 있을까. 단단하게 나무질화한 줄기를 가진 여러해살이식물 대나무. 아니, 하늘을 향해 거침없이 뻗는, 듬직한 이 땅의 푸른 기둥들. 우린 누구나 어렸을 적에 한 번쯤 대나무처럼 곧게, 푸르게 살겠다고 다짐했을 것이다.

　이 동시는 저 순은純銀처럼 빛나던 우리들의 어린 시절을 돌아보게 한다. '굳게 살자/푸르게 살자/마음일랑 비우자' 시인은 자기 자신에게 묻고 있다. 그렇게 살았는가? 아니, 우리들을 향해 짓궂은 질문을 던지고 있다. 참, 고약한 사람이다. '어른이 되어도/그 다짐/잊을 줄 모르지요.' 비아냥대기까지 한다. 참 얄미운 사람이다. 시인의 말과는 반대로 우리들은 아주 오래 전에 어린 날의 그 푸른 다짐을 잊고 살았다. 살다 보니 맘과는 달리 그렇게 돼버렸다. 아니다! 잊지 않고는 살아내기 힘든 세월이었는지도 모른다. 저 팍팍한 날들, 고단한 하루 ….

　오늘은 잠시 때 묻은 가슴을 열고 어린 날의 '나'를 들여다보면 어떨까? 그 어린 날의 내가 어떤 표정을 짓고 있는지, 뭐라 하는지 …. 동시는 때로 어른들에게 부끄럼을 가르쳐 주는 거울이란 생각이 든다.

수레가 간다
오르막길에.

수레 끄는 아저씨 등이
땀에 흠뻑 젖었다.

가만히 다가가서
수레를 밀었다.

아저씨가 돌아보며
씨익 웃었다.
나는 더 힘껏 밀었다.

__ 김종상, 〈짐수레〉

오르막길을 힘겹게 올라가는 짐수레를 보자 얼른 다가가서 수레를 밀어주는 아이의 행동을 꾸밈없이 담았다. 오르막길과 땀에 젖은 아저씨의 등, 가만히 다가가서 수레를 밀어주는 아이, 이를 눈치 채고 고맙다는 인사의 표시로 씨익 웃어주는 아저씨의 모습 …. 이 얼마나 정겨운 풍경인가.

    이 동시 속의 아이는 깨달았을 것이다. 내 작은 힘도 남을 도울 수 있다는 것을. 우리가 사는 세상이 살 만한 것은 이런 '작은 것' 때문이 아닐까. 남의 힘듦을 모른 채 하지 않는 관심, 여기서 한 걸음 더 나아가 손을 보태는 따뜻한 정. 힘이란 것도 그렇다. 커다란 힘도 있어야겠지만 작은 힘도 필요한 법. 오히려 큰 힘보다는 여러 개의 작은 힘들이 모여 값진 일을 하는 것을 우린 많이도 봐왔다. 그것도 밖으로 드러나지 않을 때 꽃처럼 아름답다는 것을.

    시인은 이 동시를 1967년에 썼다고 했다. 60년대라면 누구 할 것 없이 사는 형편이 어려웠던 시절. 그러나 인심 하나만은 넉넉했던 시절이기도 하다. 울타리 사이로 뻔질나게 드나들어도 누가 뭐라 하지 않았고, 대문조차 활짝 열어놓고 지내던 시절이었다. 그래서일까, 이 동시가 머릿속을 떠나지 않을 때가 있다.

6·25 전쟁 끝나고
모두가 어려운 시절
밥 한 끼 밥 한 그릇이 심각하다.
놀러 온 자식의 친구
끼니때 되어 가랄 수도
같이 먹자 할 수도 없으니 난감하다.
엄마는 다 알고 단호히 말했다.
"친구네서 놀다가 때 되면 뛰쳐나와라."
-가난해도 당당하게 살자.
-아버지 없어도 꿋꿋하게 살자.
엄마는 늘 아버지처럼 말했다.

__ 최영재, 〈단호한 말씀〉

북으로 납북돼 간 아버지 대신 엄마는 늘 아버지처럼 행세를 하셨다. 말씀
한 마디, 행동거지 하나도 흐트러짐을 보이지 않으셨다. 항상 꼿꼿한 자세
로, 항상 당당한 자세로 매사에 임하셨다. 그러면서 자식들에겐 늘 일렀다.
"절대 기죽지 마라!"

　이는 아동문학가 최영재 씨의 이야기다. 작가의 부친 최영수 님은 만화
가, 삽화가, 수필가, 소설가로, 신문기자로 활동하던 중 6·25 때 인민군에 의
해 북으로 끌려간 뒤 탈출을 시도하다가 붙잡혀 총살을 당한 분이다. 이 동
시는 삼남매를 홀로 키운 모친 김정옥 여사에 바치는 헌시獻詩이기도 하다.

　'엄마는 다 알고 단호히 말했다./'친구네서 놀다가 때 되면 튀쳐나와라.'
남에게 폐를 끼치지 말라는 어머니의 지엄한 말씀을 평생 잊지 않았다는 최
작가다. '-가난해도 당당하게 살자./-아버지 없어도 꿋꿋하게 살자.' 이 또한
가훈이기도 했다는 어머니의 말씀이다.

　동족상쟁의 비극, 저 6·25! 남편을 잃고 혼자서 자식들을 키워 낸 이 땅
의 어머니들의 이야기도 이젠 옛날얘기가 돼 버렸다. 세월은 참으로 무정한
것, 그렇다고 잊지 말아야 할 것까지 싸잡아 잊어서는 안 되리라. 6월의 짙푸
른 녹음을 바라보면 삼가 옷깃을 여미게 된다.

누군가
"김미영 씨."
하고 부르는 순간

나도
한 알의 씨앗이었다는 걸
깨달았네.

채송화씨, 오이씨, 겨자씨처럼
지구라는 커다란 밭에
뿌려진

씨앗
한
알.

__ 김미영, 〈김미영 씨〉

우린 모두 이름으로 존재한다. 박 아무개 씨, 이 아무개 씨, 정 아무개 씨 ….
세상에 태어났을 때 부모님이 지어준 이름이다. 요즘엔 개명을 하는 이도 있
지만, 그건 일부 사람들에 해당되는 일이고 대부분의 사람들은 부모님으로
부터 받은 이름을 지니고 일생을 산다.

　김미영 시인은 이를 '씨앗'에 비유했다. '누군가/"김미영 씨."/하고 부르
는 순간//나도/한 알의 씨앗이었다는 걸/깨달았네.' 씨앗은 작다. 그러나 그
작은 것이 자라 꽃을 피우고 열매를 맺으면 한 그루의 나무가 된다. 씨앗이
비로소 씨앗 값을 한 것이다. 우리들 인간도 씨앗과 다를 게 없다. 자기 이름
값을 하기 위해 평생 땀을 흘린다. 누구는 학자로, 누구는 예술가로, 누구는
종교인으로, 누구는 의사나 상업인으로, 또 누구는 정치인으로 … 각자 맡
은 바 위치에서 최선의 노력을 다하려고 애쓴다. 그리고 마지막엔 이름 석
자를 남기고 떠난다.

　어떤 이름으로 남을 것인가는 오로지 각자에 달렸다. 위 동시는 '지구라
는 커다란 밭에/ 뿌려진' 씨앗 한 알인 나는 어떤 열매를 맺고 떠나야 할까를
생각하게 해주는 작품이다. 비록 어린이를 대상으로 삼아 쓴 동시지만 오히
려 어른들이 읽어야 할 시가 아닌가 싶다.

아침에는 해님을 널었다가
저녁에는 달님을 널었다가

엄마, 아빠, 내 옷 함께 널어
말리는 빨랫줄처럼

노예로 팔려간 톰 아저씨 마음도 널고
시리아 난민아이 쿠르디 젖은 신발도 널고
이산가족들의 말없는 한숨도 널어

이 세상 구석구석 힘없는 사람들 눈물
뚝뚝 떨어뜨려 말려주는 빨랫줄
수평선

__ 구옥순, 〈하느님의 빨랫줄〉

하느님도 빨래를 하시나보다. 그것도 손빨래를 하시나보다. 빨랫감을 물에 담갔다가 말끔히 때를 뺀 뒤 탁탁 털어서 빨랫줄에 너시나보다. 그런데 하느님이 하셔야 할 빨랫감은 참 많기도 하다. 저 하늘의 해님, 달님은 물론 노예로 팔려간 톰 아저씨 마음도 빨랫감이며 시리아 난민 아이 쿠르디의 젖은 신발까지 가져다 빨고 계신다. 어디 그뿐인가. 둘로 갈라진 남북한의 이산가족들의 한숨도 빼놓지 않고 빨고 계신다. 참 고생깨나 하고 계신다.

　이 동시는 하느님의 손빨래를 통해 수많은 사람들의 아픔과 상처를 드러내 보이고 있다. 이쯤 되면 동시가 초등학교 교실에만 머무는 게 아니라 '지구'라는 커다란 운동장에까지 발을 뻗었다. 동시 영역의 확장이자 아동문학의 발전이라 하지 않을 수 없다.

　'엄마, 아빠, 내 옷 빨아/말리는 빨랫줄처럼'. 땟자국이 말끔히 빠진 빨래들이 빨랫줄에 널려 바람에 춤을 추는 것을 보는 건 얼마나 기분 좋은 일인가! 빨래들이 안고 있던 아픔의 자국들이 말끔히 가신 것을 바라보는 건 또 얼마나 가슴 서늘한가! 세탁기가 없던 가난한 시절, 손빨래로 하루해를 냇가에서 보내던 우리들의 어머니들도 다 하느님이었다는 생각이 든다.

바이올린, 논술
영양제를 먹어

수학학원, 영어과외
보약을 먹어

엄마는 내가
튼튼한 줄 알지만

한 번씩 휘청
주저앉는다.

___ 김자미, 〈상상력 결핍〉

요즘 아이들은 쉴 틈이 없다. 학교 공부가 끝나기가 무섭게 학원에 가야 한
다. 학원도 한 군데가 아니다. 한 곳을 마치면 또 다른 학원이 기다리고 있다.
참 딱하기 그지없다. 그런데도 이 딱한 코스를 끊기가 어렵다. 남들이 그러
니 나라고 안 할 수가 없는 것이다.

    이 시는 그토록 딱한 교육의 현실을 노래한 시다. 아니, 노래가 아니라 고
발(?)한 시다. 바이올린, 논술, 수학학원, 영어과외 …. 학부모들은 그것이 아
이의 영양제요 보약이라 생각한다. 그러나 시인은 그건 보약이 아니라고 말
한다. 진짜 보약은 그런 얕은 지식이 아니라 '상상력'이라고. 보약 얘기가 나
왔으니 말이지만 진짜 보약은 단시일에 효험이 나타나는 게 아니다. 시간을
두고 알게 모르게 차차로 나타난다. 상상력의 힘도 마찬가지다. 일생을 살아
가면서 이런저런 일을 겪을 때 자신도 모르게 발휘되는 게 상상력의 힘이다.
아이디어도 이 상상력에서 나오고, 세상을 바꾸는 힘도 이 상상력에서 나온
다. 오늘날 우리가 누리는 세상이 바로 그 상상력이란 보약에서 모두 나온 것.

    아이들이 가끔 심심해했으면 참 좋겠다는 생각이다. 그래서 혼자서 이
런저런 생각에 잠겨보기도 하고, 하늘의 구름도 보고, 나무들 자라는 것도
좀 보고 ….

시간은 놀다 가는 게 아닌가 봐
내 키도 키워 놓고
내 발도 크게 만들어주고
친구 미워한 마음도 잊게 해 주고
창 밖 나뭇잎도 물들여 주고
시간은 놀다만 가는 게 아닌가 봐.

___ 김옥애, 〈시간은〉

어린아이의 눈만큼 순수한 게 또 어디 있을까. 갓 길어 올린 우물물처럼 맑디맑은 저 눈빛! 어떤 시인은 그래서 어린아이의 눈을 똑바로 쳐다보기가 두렵다고 했다. 자신의 흐려진 눈(마음)을 들킬까 봐 겁이 난다고 했다. 어린아이의 생각 또한 그지없이 맑고 순수하다. 여기에 엉뚱하기까지 한다. 그런데 알고 보면 이 엉뚱한 생각이 시가 되고 동화가 된다.

이 동시는 아이의 마음으로 본 세상 이야기다. '시간은 놀다 가는 게 아닌가 봐/내 키도 키워 놓고/내 발도 크게 만들어 주고'. 얼마나 귀엽고 엉뚱한가. 하루하루 커가는 자신의 성장이 시간 덕분이라 했다. 시간이 자신을 키워준다고 봤다. 참 기발한 발상이다. 어디 이것뿐인가. 시간은 친구를 미워한 마음도 잊게 해준다고 했다. 또 있다. 시간은 창밖의 나뭇잎들도 곱게 물들여 준다고 했다. 아이들의 생각은 이렇게 새롭고 놀랍다.

한 해가 지날 때마다 우린 누구나 나이 한 살을 더 먹는다. 시간은 이 땅 모든 아이들의 키를 더욱 키우고, 발을 더욱 크게 만들어 줄 것이다. 그렇다면 더 클 것이 없는 어른들은 뭘 어떻게 해야 잘한다지? 있다! 서로 등 돌리고, 험담하고, 미워한 마음을 말끔히 씻어내는 일이다.

늘 푸르게 살라 한다.

수평선을 바라보며
내 굽은 마음을 곧게

흰 모래를 밟으며
내 굳은 마음을 부드럽게

바위를 바라보며
내 약한 마음을 든든하게

그리고
파도처럼 출렁이는 마음
갈매기처럼 춤추는 마음

늘 기쁘게 살라 한다.

___ 이해인, 〈바다 일기〉

8월은 산과 바다의 계절이다. 사람들은 삶에 찌든 일상을 잠시 뒤로하고 산과 바다를 찾아 떠난다. 소위 바캉스다. 기차로, 버스로, 승용차로, 그도 성에 차지 않아 비행기로. 그 대열의 일원으로 참가하는 기쁨은 떠나 본 사람만이 안다. 여행은 '설렘'이면서 그 자체만으로도 '행복'이다.

이 시는 제목 그대로 바다 여행기이다. 그런데 무엇보다도 흥미로운 것은 내가 바다를 보고 느낀 것을 적은 게 아니라 바다가 나한테 하는 말을 받아 적었다. '늘 푸르게 살라'고, '굽은 마음을 곧게 펴라'고, '굳은 마음을 부드럽게 늘 기쁘게 살라'고 … 바다의 말이다. 그렇다! 우리가 바다를 찾아가는 건 바다의 말을 듣고 싶어서인지도 모른다. 잠시도 쉬지 않고 몸을 뒤집는 바다, 묵은 것을 토해내고 또 토해내는 바다, 푸른 하늘을 향해 온몸을 치솟는 바다. 그 바다에서 우리는 살아 있는 '생명'을 느끼고 싶어서일 것이다.

언제나 많은 이들이 바다를 찾는다. 바라건대, 바다를 마주보고 바다의 말에 귀를 기울였음 한다. 아니, 기왕이면 바다를 품 안에 모셔다가 삶이 버겁거나 힘들 때 한 모금씩 마시면서 사는 건 어떨지. 바다처럼 푸르게 사는 일은 어떨지.

할머니 작은 키가
1.5cm 줄었다며
가뜩이나 작은 키가
1.5cm나 줄었다며
눈시울
적시는 아빠.
가엾은 1.5cm.

＿ 박경용, 〈1.5 센티〉

사람의 키는 어느 정도 자라면 더 이상 자라지 않는다. 자라지 않을 뿐더러 나이를 먹으면 줄어드는 게 보통이다. 이 동시는 그렇잖아도 작은 할머니의 키가 1.5센티 줄어든 것을 본 아빠가 안타까운 마음으로 어머니를 바라보는 작품이다.

'가뜩이나 작은 키가/1.5cm나 줄었다며//눈시울/적시는 아빠'. 어린아이는 아빠의 그 눈시울이 이상하기만 하다. 고작 1.5cm 줄은 걸 가지고 눈시울까지 적실 게 뭐냐고 고개를 갸우뚱한다. 박경용 시인은 1958년 동아일보와 한국일보 신춘문예를 통해 문단에 나온 이래 수많은 작품을 발표한 바 있고, 팔순이 된 지금도 젊은이 못잖게 활발한 작품을 창작하여 후배들의 거울이 되고 있다. 〈귤 한 개〉는 시는 시인의 대표작 가운데 하나로 '작은 것'의 의미를 추구하는 시인의 작품 세계와 맞물려 있다.

'가엾은 1.5cm'의 그 작은 길이가 아빠의 눈시울을 적셨다는 걸 총명한 아이는 안다. 이 시의 요점이자 시인이 세상을 어떻게 보고 사물을 어떻게 대하는가를 보여주는 좋은 예다. 좋은 시는 요란하지 않고 이렇게 은근하게 사람의 마음을 적신다. 그것은 마치 보이지 않는 꽃향기가 우리의 몸속으로 들어오는 것과 같은 이치리라.

누나 손잡고
막대사탕 빨며
학교 가는 서준이

건널목 건너며
사탕 든 손 치켜든다

–야, 막대사탕 신호등이다
버스도 서고
자동차도 서고

달콤한 아침이다.

＿류병숙, 〈걸어가는 신호등〉

아침 등굣길, 서준이가 막대사탕을 빨며 신호등이 없는 건널목을 건넌다. 건널목을 건널 땐 손을 치켜들고 건너라는 학교 선생님 말씀대로 서준이는 막대사탕 든 손을 힘껏 치켜들었다. 그러자 이를 본 자동차 운전사들이 '야, 막대사탕 신호등이다!'하며 일제히 멈춰 선다. 참 보기 좋은 풍경이다. 서준이의 막대사탕 든 손 앞에서 꼼짝 못하는 어른들의 모습이 웃음을 자아낸다. 아니, 존경스럽다.

이 얼마나 아름다운 세상인가. 자동차가 사람 앞에서 꼼짝 못하는 세상! 이게 진짜 사람 사는 세상 아닌가. 하루에도 빈번하게 일어나는 교통사고를 보다 보면 이러자고 자동차를 만들었나 싶다. 편하고자 만든 자동차가 걸핏하면 사람의 생명을 빼앗는 이 웃지 못할 난센스를 보면서 앞으로의 미래사회를 걱정하지 않을 수 없다. 미래사회, 그건 불을 보듯 뻔하다. 지금보다도 더 기계의 힘이 세상을 지배할지 모른다. 로봇만 하더라도 훨씬 진보된 로봇이 인간의 생활을 파고들 것이고 그로 인해 인간들은 지금보다 더 큰 '편함'(?)을 얻을 것 같다.

걱정은 바로 거기에 있지 않을까. 이 동시는 막대사탕을 손에 쥔 아이를 보고 자동차를 멈출 줄 아는 인간의 지혜를 요구하고 있다. 2019년 강원일보 신춘문예 동시 당선작이다.

너 없으면
어떻게 길을 가니.
고맙다 지팡이야.

할아버지 아니면
나는
누구와 함께 놀겠어요.

그렇구나.
너와 나는
참 좋은 짝꿍이구나.

__ 오순택, 〈짝꿍〉

"아침에는 네 발로 기다가, 점심에는 두 발로 걷다가, 저녁에는 세 발로 걷는 동물은?" 어릴 적 동네 누나들이랑 수수께끼 놀이를 할 적에 난 이 문제를 풀지 못해 이마에 알밤을 먹은 기억이 지금도 잊히지 않는다. 그 문제의 해답이 '인간'이라는 것을 난 몰랐던 것이다. 수수께끼치곤 참 고약한(?) 수수께끼였다.

이 동시를 쓴 오순택 시인은 나와 동갑내기이다. 그도 어느새 지팡이가 필요한 세월을 맞았다. 〈짝꿍〉은 할아버지와 지팡이의 관계를 재미있게 보여준다. 그것도 '어쩔 수 없는' 관계가 아니라 친구의 입장에서 보여주는 따뜻한 작품이다. '너 없으면/어떻게 길을 가니/고맙다 지팡이야.', '할아버지 아니면/나는/누구와 함께 놀겠어요.' 이 얼마나 정겨운가. 친구는 기쁠 때보다 외로울 때 더 필요한 존재다. 그냥 옆에 있어주는 것만으로도 고마운 사람, 그게 친구란 생각이 든다.

언젠가 노인대학 강의에 갔다가 이런 얘길 들은 적이 있다. 나이를 먹을수록 곁에 있는 사람처럼 고마운 사람이 없다는 걸 느낀단다. 옳은 말이다. 내 곁에 있는 사람, 그게 바로 지팡이 같은 사람이 아닐까. 짝꿍은 초등학교 시절에도 있어야 하지만 노년엔 더더욱 필요한 존재란 생각이 든다.

내가
누군가의 발이 될 수
있을까요?
-정말 힘든 일이에요.

시냇가로 나가 보세요.

비가 오나 눈이 오나
모든 이의 발이 되려
잠시도 떠나지 않는

징검돌 다섯 개.

___ 김숙분, 〈징검다리〉

어릴 적 동네 냇물에 놓여 있던 징검다리는 우리들의 놀이터였다. 이쪽에서
저쪽으로, 저쪽에서 이쪽으로 폴짝폴짝 뛰어 건너는 재미는 그 어떤 놀이보
다도 재미있었다. 그러다가 간혹 발을 헛디뎌 냇물에라도 빠지는 날엔 배꼽
을 쥐고 웃고 또 웃었던 저 어린 날의 추억. 지금은 웬만한 시골에 가도 그런
풍경을 찾기가 어렵게 되었다. 아니, 어쩌다 그런 징검다리가 놓여 있다손 치
더라도 아이들은 그런 재미를 모를 것이다.

　김숙분 시인은 징검돌 다섯 개가 놓인 징검다리를 통해 삶의 깊은 의미
를 보여주고 있다. 다름 아닌 사람과 사람 간의 관계다. 여기에서 '징검돌 다
섯 개'는 자기 자리에서 오로지 남의 발이 되어주는 것으로 만족하는 사람
이다. 아니, 행복해하는 사람이다. 우리 주위에도 이런 사람들이 있다. 자기
몸 하나로 여러 사람의 발이 돼주는 사람이다. 그것도 '비가 오나 눈이 오나'
를 가리지 않고 한 자리에서 묵묵히 맡은 바 책임을 다하는 사람. 누가 알아
주지 않아도 조금도 서운해 하지 않고 자리를 지키는 사람. 우린 그들에게
다들 빚을 지고 산다.

　잠시나마 하던 일을 멈추고 주위를 둘러보면 어떨까. 나에게 발이 돼주
고 있는 이에게 고마움의 목례라도 보내자.

독도는

세찬 바람을 이기고

거친 파도도 이기고

메마른 가뭄도 이기고

섬초롱꽃, 해국, 패랭이꽃

개까치수염, 까마중, 참억새

나팔꽃, 닭의장풀, 땅채송화

여린 풀꽃들을

꼬옥 안고 키운다.

__ 차영미, 〈독도의 힘〉

잊을 만하면 신경통처럼 뜨끔거리는 곳이 우리나라 지도에 있다. 바로 독도다. 경상북도 울릉군에 속해 있는 대한민국 정부 소유의 국유지로서 천연기념물 336호로 지정돼 있는 섬.

그런데 이 엄연한 우리나라 땅을 자기네 땅이라고 우기는 이웃나라 때문에 머리가 아프곤 한다. '세찬 바람을 이기고/거친 파도도 이기고/메마른 가뭄도 이기고'. 여기에서 '바람', '파도', '가뭄'은 단지 바다의 풍상만을 이야기하지 않는다. 일본뿐 아니라 외세의 침략으로부터 끊임없이 겪어야 했던 우리의 아픈 역사를 말하고 있다. 독도는 단지 울릉군에 속해 있는 섬이 아니라 곧 우리 대한민국이다.

'섬초롱꽃, 해국, 패랭이꽃/개까치수염, 까마중, 참억새/나팔꽃, 닭의장풀, 땅채송화'. 저 여린 풀꽃들은 착하고 순박하게 살아가고 있는 바로 우리 국민이다. 생각해 보면 참 대견한 나라다. 한반도라는 작은 땅을 삶의 터전으로 반만년이 넘는 세월을 견뎌낸 나라다. 내 나라 말과 글을 쓰고, 내 문화를 꿋꿋하게 간직해 온 '무시할 수 없는' 나라, 대한민국! 이 동시는 그런 의미에서 참 많은 것을 깨닫게 하고 있다. 동시 한 편을 가지고 역사 공부까지 시킬 수 있는 교과서다. 시인은 때로 언어 몇 개 가지고도 이런 어마어마한 '애국자' 노릇을 한다.

어깨동무하고 몰려다니는
구름들.

어깨동무하고 뻗어 있는
산들.

어깨동무하고 누워 있는
밭이랑들.

강물도, 파도도
파란 어깨동무.

어깨동무하기
사람들만 힘든가 보다.

___ 신새별, 〈어깨동무하기〉

어깨동무는 아무나 붙들고 할 수 없다. 친구라 하더라도 여간 친한 사이가 아니고서는 할 수 없는 게 어깨동무다. 신새별 시인은 이를 자연 속에서 찾았다. 어깨동무를 한 구름, 어깨동무를 한 산, 어깨동무를 한 밭이랑 그리고 강물, 파도 …. 이들은 따로따로 존재하는 게 아니라 서로서로 어깨동무를 하고 산다. 그래서 자연은 아름답다. 거기에는 서로를 존중해 주고, 아껴 주고, 신뢰해 주는 '사랑'이 있기 때문이다.

　　그런데 이 동시는 마지막 연에서 가슴이 콱 막힌다. '어깨동무하기/사람들만 힘든가 보다.' 아, 갑자기 뒤통수를 얻어맞은 것 같다! 시인은 요 말을 하기 위해서 구름, 산, 밭이랑, 강물, 파도 얘기를 한 것 같다. 참 고약한 시인이다. 이렇게 아픈 곳을 찌르는 법이 어디 있는가! 이럴 때 시는 단순한 언어가 아니라 '칼'이다.

　　함께 살아가면서도 어깨동무한 풍경을 좀처럼 찾아보기 힘든 어른들 세상에 던지는 경고장이나 다름없다. 어릴 적엔 잘도 어깨동무하던 그 버릇이 어디로 갔는지를 묻고 있다. 금을 그어 놓고, 담을 쌓아 놓고 지내는 어른들의 그 단절과 슬픈 이야기들을 고발하고 있는지 모른다. '어깨동무하기'는 아이들이 읽어야 할 동시지만, 오히려 어른들이 먼저 읽어야 할 것 같다.

황소 대신 들여와서
손발을 맞춘 경운기

할아버지 따라
그새 나이를 먹더니

털 털 털
힘겨운 숨소리
내리막길도 소걸음

"아즉, 멈춰 서지 않고
힘쓰는 것이 어디여!"

등을 쓰다듬는
할아버지 손길에

툴 툴 툴
가쁜 숨 몰아쉬며
오르막도 거뜬히

__ 김용희, 〈경운기〉

탈탈거리며 한 대의 경운기가 시골길을 간다. 경운기 위에는 학교 가는 아이들이 아예 전세를 내었다. 뭐가 좋은지 연실 웃고 떠들며 소란한 아이들. 경운기를 운전하는 할아버지의 얼굴에도 아침 햇살이 금빛이다. 어디 아이들뿐인가. 경운기는 장터에서 돌아오는 아낙네들의 발품을 덜어주는 택시(?)이기도 했고, 씨앗이나 농기구를 운반하는 전용 트럭이기도 했다. 또 급한 환자가 생길 땐 읍내 병원까지도 마다않는 구급차이기도 했다.

얼마 전까지만 해도 시골길에서 종종 마주치던 광경이다. 이 동시는 그 경운기를 노래했다. 비록 기계일망정 세월 속에서 정이 든 경운기를 황소처럼 아니, 한 가족처럼 여기는 할아버지의 마음을 따뜻하게 그렸다. 오래도록 함께 살아온, 이제는 어쩔 수 없이 노쇠해 버린 경운기의 등을 안쓰러운 마음으로 쓰다듬어 주는 할아버지의 손길. 이에 보답이라도 하듯 가쁜 숨을 몰아쉬며 오르막길을 힘차게 오르는 경운기. 이 얼마나 가슴 뭉클한가.

이쯤 되면 경운기는 더 이상 차가운 기계가 아니다. 피가 흐르고 마음이 통하는 한 가족이다. 문학은 이래서 아름답다. 시인은 이래서 귀한 존재다.

5부

저 밤비 같은 사람들이 있어

단짝 친구를 잃고
아빠 얼굴이
쓸쓸하다.

풀벌레 소리마저
끊겨 버린
상강 무렵.

늦가을
한 자락 햇살이
아빠 무릎에 앉는다.

__ 송재진, 〈쓸쓸하다〉

잎 지는 늦가을은 쓸쓸하다. 여기에 또 하나의 '쓸쓸함'이 얹혀졌다. 아빠의
단짝 친구가 저 세상으로 갔다. 아이인 입장에서는 엄마를 잃은 것이다. 그
런데 엄마를 잃은 저는 놔두고 단짝 잃은 아빠에 초점을 맞춰 썼다. 꼭꼭 숨
겨 놓은 슬픔. 그 슬픔을 쓸쓸한 아빠의 얼굴로 대신 썼다.

　'풀벌레 소리마저/끊겨 버린/상강 무렵'. 온갖 소리가 끊겨 버린 그 고요
가 쓸쓸하다 못해 무섭다. 언제나 예외 없이 세상을 뜨는 사람들로 장례식장
은 붐빈다. 얼마 전 떠난 사람은 고교 친구다. 30리 길을 하루도 빠지지 않고
자전거로 통학했던 친구. 비나 눈이 오는 날엔 흠뻑 젖은 교복을 벗어 말렸
다가 도로 입고 귀가하던 친구였다. 시를 좋아하고 노래를 잘 불렀던 친구였
지만 가족을 위해 자신의 꿈과는 다른 길을 걸어야 했던 친구. 그를 떠나보
내며 저 세상에서는 좋아하는 시와 노래의 삶을 살라고 빌었다.

　쓸쓸하다. 엄마 잃은 슬픔을 단짝 잃은 아빠의 얼굴로 슬쩍 바꿔치기한
아이의 마음이 자못 어른스러움을 보여주는 동시조童時調다. '늦가을/한 자
락 햇살이/아빠 무릎에 앉는다'. 여기서 '햇살'은 아이의 마음인지도 모르겠
다. 늦가을에 썩 잘 어울리는 작품이다.

모두가 잠든 사이
목마른 들판 촉촉이 적셔주는 밤비처럼

아무도 몰래 찾아와
우리들 가슴을 적셔주고 간 사람이 있지.

동사무소 화단 한 귀퉁이에
애써 모은 돈 다발 살그머니 놓아두고

-어려운 이웃을 위해 써주세요.

쪽지 한 장 달랑
남기고 간 사람.

우리 마을 어딘가에 살고 있을
밤비 같은 사람.

___ 신이림, 〈밤비〉

밤비는 밤중에 아무도 모르게 내리는 비를 말한다. 아침에 눈이 떠져서야 비로소 비가 다녀갔다는 걸 알게 되는 도둑 같은 비다. 그런데 그 도둑 같은 비가 고마운 것은 그 비가 메말랐던 땅에 거름을 줘 온갖 꽃들에게 생기를 불어넣는다는 것. 여기에 더욱 고마운 것은 그 어떤 대가도 바라지 않는다는 것이리라.

시인은 밤비를 통해 우리들 가슴을 적셔주는 '보이지 않는' 고마운 사람을 이야기한다. '동사무소 화단 한 귀퉁이에/애써 모은 돈 다발 살그머니 놓아두고//-어려운 이웃을 위해 써주세요.' 이런 뉴스를 우린 종종 보아왔다. 그리고 그때마다 가슴이 참 따뜻했다. 세상이 온통 차갑고 냉랭한 줄로만 알았는데 그게 아니라는 것을 깨닫는 순간이었다. 힘들게 모은 돈을 남을 위해 선뜻 내놓는다는 것, 그건 말이 쉽지 실행을 하기란 참으로 어렵다. 그 어려운 일을, 그것도 이름조차 밝히지 않고 몰래 한다니! 어려운 일이 닥칠 때마다 팔을 둥둥 걷어 부치고 나서서 땀을 흘리는 사람들을 본다.

코로나와의 전쟁에서도 밤비 같은 이들이 있어 세상은 살 만하다는 걸 보여 준다. 사람이 희망이라는 것을 몸으로 보여주는 저 밤비 같은 사람들. 우리 모두 이들에게 뜨거운 박수를 보내주자.

가을
하늘은
독수리도
탐이 나서

먼 산
위에서
뱅 뱅
맴을 돌며

며칠째
파란 하늘을
도려 낸다
자꾸만.

＿조규영, 〈가을하늘〉

언젠가 외국에서 살다 온 친구랑 식사를 한 적이 있었다. 마침 가을이 한창인 때였다. 친구가 갑자기 창밖의 하늘을 가리키더니 이런 말을 했다. "윤형, 내가 외국에서 우리나라를 가장 그리워했던 때가 언제인지 알아? 가을이야, 가을. 저 하늘 좀 봐. 얼마나 아름다워!" 정말이다! 잡티라곤 한 점도 찾을 수 없는 저 푸르디푸른 한국의 가을 하늘! 이는 세계인들이 인정해 주는 우리의 보물이 아닐 수 없다.

　이 동시는 바로 우리의 보물을 간결하고도 똑 부러지게 말하고 있다. 이를 증명해 보이기 위해서 시인은 독수리를 내세웠다. 독수리까지 탐을 내는 가을 하늘이다. '먼 산/위에서/뱅 뱅/맴을 돌며//며칠째/파란 하늘을/도려 낸다/자꾸만.' 독수리는 파란 하늘을 먹잇감으로 알았나보다. 아니면 시샘이라도 난 걸까? 하루도 아니고 며칠째 뱅 뱅 맴을 돌며 그 날카로운 부리로 파란 하늘을 도려낸다. 그렇게 해서 떼어낸 파란 하늘 아니, 그건 파란 유리창이다. 가을 하늘이 '쨍!'하고 갈라질 것 같은 느낌을 주는 이유도 여기에 있겠다.

　'자꾸만.' 요 끝부분이 또한 사람을 죽인다. 파닥이는 생선의 비늘처럼 생동감을 불러일으키지 않는가.

-와! 맛있겠다.

축구하고 들어온 아들
식탁에 차린 음식 앞에서
싱글 숟가락
더블 젓가락
순발력 그 힘으로
신속하게 빨아들인다.

-벌써 다 비웠어?

-빨리 청소하려고요.

흐뭇하게 웃는 엄마
폭풍 칭찬 한마디

-성능 좋은 진공청소기구나.

___ 정혜진, 〈식탁 청소〉

시 속에 이야기를 넣으면 맛있는 과일(시)이 된다. 이 동시가 그 본보기일 터. 밖에서 축구를 하고 들어온 아들이 식탁의 밥을 보자 허겁지겁 퍼먹는 장면을 시에 담았다.

'싱글 숟가락/더블 젓가락/순발력 그 힘으로/신속하게 빨아들인다'. 재미있는 것은 밥 먹는 것을 '빨아들인다'로 보고 있는 것. '진공청소기'란 표현이 웃음을 자아낸다. 이 진공청소기를 흐뭇하게 바라보는 엄마의 마음이 더없이 행복하기만 하다. 시인은 동시를 통해 삶 속의 행복을 깨우쳐주고 있다. 엄마가 정성들여 지은 밥을 즐겁게 먹는 아들의 모습을 보여주면서 행복이란 멀리 있지 않고 우리들의 일상 속에 있다는 것, 거창한 것이 아니라 아주 사소한 것이라는 것을 일깨워준다.

외국에서 오랜 동안 의사 생활을 한 마종기 시인의 수필이 생각난다. 내일을 기약할 수 없는 중환자들을 대상으로 설문 조사를 했단다. 살아오는 동안 어느 때가 가장 행복했냐고, 그랬더니 다들 일상 속에서 보낸 가족과의 사소한 일을 꼽더라란다. 행복이란 그런 것이다. 아파트 평수에 있는 것도, 빙글빙글 돌아가는 회전의자 속에 있는 것도 아니다. 따뜻한 밥 한 그릇이면 더 없이 좋은 게 사람 사는 즐거움이요 행복이다.

친구한테 시비 걸고
강아지를 걷어차던 창민이도
누군가가 꼬옥 품어 주면
온순한 아이가 될 거예요.

정말이에요.

천방지축 생채기를 내고
아무에게나 날을 세우던 칼날이
대팻집나무를 만나고는
얌전한 대팻날이 되었거든요.

__ 신이림, 〈누군가가 품어 주면〉

초등학교 시절, 꽤나 말썽을 피우던 아이가 있었다. 걸핏하면 싸움질에다 손버릇까지 나빠서 선생님 속을 새까맣게 태웠던 아이. 학교에서뿐만 아니라 고아원에서조차 일찌감치 '문제아'로 점이 찍혀진 아이. 그런데 난 이상하게도 그아이가 싫지 않았다. 그 아이 역시 나한테는 신기하리만큼 고분고분하였다.

이유는 다른 데 있지 않았다. 그가 하는 이야기를 귀담아 잘 들어준다는 것! 여기에다 "그랬니?" "그랬구나." "그래서 어떻게 됐어?" 해가며 호기심에다 맞장구까지 쳐준다는 것! 그는 아무한테도 하지 않은 비밀스런 이야기도 나한테는 서슴없이 해주곤 하였다. 지금 생각하면 그는 많이 외로웠다는 생각이 든다. 그 누구한테서도 정을 받아보지 못한 불쌍한 아이였다.

이 동시를 읽었을 때 난 그 옛날의 그 아이가 생각났다. 그리고 지금이라고 해서 그런 아이가 없으리란 법도 없다는 생각도 들었다. 자, 찬찬히 주위를 둘러보자. 그런 아이가 있다면 내 아이라 생각하고 따뜻이 가슴으로 품어주자. '아무에게나 날을 세우던 칼날이/대팻집나무를 만나고는/얌전한 대팻날이 되었거든요.' 병아리도 어미닭의 품에서 나온다는 것, 품보다 더 깊은 사랑은 없다. 이 동시는 그것을 나지막한 음성으로 말해주고 있다.

파도가 곱게 다져놓은
모래밭을
뽀득 뽀득 맨발로 가면

발바닥이 간질간질
까르르

웃음이
발바닥 안에 숨어 있었네.

신발 속에 갇혀 있던
내가 나왔다

수많은 모래알 속에
반짝!
빛나는 것들

__ 이연희, 〈웃음을 찾아보세요〉

모래밭은 맨발로 걸어야 제 맛이다. 그 간질거리는 맛을 뭣에 비기랴. 제아무리 웃음과 담을 쌓고 살던 사람도 맨발로 모래밭을 걷는다면 1초도 안 되어 낄낄거리지 않을 수 없을 것이다.

이 동시는 사람들 마음 안에 숨어 있는 '웃음'을 노래하고 있다. '웃음이/발바닥 안에 숨어 있었네//신발 속에 갇혀 있던/내가 나왔다'. 웃음이 발바닥 안에 숨어 있었고, 그건 곧 '나' 자신이었다고 시인은 말하고 있다. 그렇다! 우린 모두 어린 시절부터 웃음을 입에 물고 지냈다. 그런데 살아가면서 이 웃음을 하나씩 하나씩 잃어갔다. 어른이 돼 가면서는 아예 웃음과 멀어졌다. 그러면서 남들과도 자연 거리가 생겼다. '수많은 모래알 속에/반짝!/빛나는 것들'. 웃음이 삶의 보석이라는 사실을 점차 까먹은 것이다.

이런 생각을 하다 보니, 차제에 '잃어버린 웃음 찾아주기 운동'이라도 벌이면 어떨까 싶어진다. 시내 적당한 곳에 모래밭을 조성하여 누구나 어린 시절로 돌아가고 싶은 사람에게 발바닥 웃음을 선사하는 것이다. 햇빛에 달궈진 모래를 통해 심신의 건강도 얻고 마음속에 숨어 있는 웃음을 되찾는다면 이 보다 더 즐겁고 행복한 일도 없으리라. 문학을 생활 속으로 끌어들이는 것도 삶의 한 지혜란 생각이 든다.

안에 든 것
쏟아지지 않게.
볶은 콩이나 과자나 …

안에 지닌 것
변하지 않게.
약이나, 아기 우유나 …

아주 중요한 건
자물쇠까지
채우기로 하고,

그 위에 동그란 모자를
꼭 맞게, 씌운다.

단단한 모자다,
나는 뚜껑!

__ 신현득, 〈뚜껑〉

뚜껑을 '단단한 모자'로 본 동시다. 참 재미있다. 재미있을 뿐 아니라 의미도 깊다. 좋은 동시는 아이들은 물론 어른이 읽어도 유치한 생각이 들지 말아야 한다. 그래서 60년대 초, 박경용, 유경환 시인 등은 "동시도 시여야 한다"고 부르짖었다. 옳은 말이다. 아이들이 읽는 동시라고 얕잡아 봐선 안 된다. 수준 미달인 동시를 써 놓고 읽어달라고 하는 건 예의가 아니다. 문제는 또 있다. 아이들 눈높이를 전혀 생각하지 않는 작품도 문제다.

이 시는 그런 의미에서 본보기가 될 만하다. 아이들의 눈높이에 맞으면서도 시가 주는 메시지가 웬만한 성인 시를 능가하기 때문이다. '안에 지닌 것/변하지 않게/약이나 아기 우유나 …//아주 중요한 건/자물쇠까지/채우기로 하고//그 위에 동그란 모자를/꼭 맞게, 씌운다.//단단한 모자다./나는 뚜껑!' 이 얼마나 멋진 동시인가! 아니, 시인가!

세상에는 뚜껑 같은 사람들이 의외로 많다. 내 한 몸으로 그 누군가를 지켜주는 일을 즐거운 마음으로 하는 이들이 그들이다. 군인, 경찰관, 소방관 등등 …. 그들을 생각하면 늘 감사의 마음이 옷깃을 여미게 한다. 믿음직한 뚜껑들 덕분에 오늘도 우리가 맘 놓고 편한 잠을 자는 게 아닌가.

저 비싼 걸
할머니는 통화만 하시고

저 비싼 걸
할아버지는 문자만 하시고

저 비싼 걸
형아는 게임만 하고

나는
와이파이만 찾아 다니네

엄마보다
더 반가운 와이파이

저 비싼 게 아까워
너도 나도 스마트폰

__김윤환, 〈스마트폰〉

스마트폰! 저게 없었던 시대에는 어떻게 살았을까 싶다. 때와 장소를 가리지 않고 사람들은 스마트폰을 끼고 산다. 밥을 먹을 때도 스마트폰, 음악을 들을 때도 스마트폰, 길을 갈 때도 스마트폰, 차를 탔을 때도 스마트폰 …. 별나도 참 별난 세상이다.

이 동시는 요즘 세태를 그대로 보여주고 있다. 스마트폰으로 통화만 하는 할머니, 문자만 하는 할아버지, 게임에 빠져 정신없는 형아, 와이파이만 찾아다니는 나. 흥미로운 것은 여기에다 '저 비싼 걸'이란 가락을 후렴처럼 넣었다. 비싼 건 좋은 것! 오죽했으면 스마트폰이 엄마보다 더 좋다고 했을까.

이쯤 되면 정보화 사회를 넘어 '기계화 사회'에 돌입했다고 봐야 한다. 하긴 벌써 기계화 사회에 들어섰다. 애완용 동물 대신 애완용 로봇이, 가사 도우미 대신 로봇 도우미가, 간병인 대신 로봇 아줌마가 인생의 마지막 동반자로 등장했다. 어디 그뿐인가. 머잖아 '로봇 애인', '로봇 부부'도 나오게 된단다. 스마트폰은 그 서막이라고 봐야 한다는 내 친구 K의 말이 조금도 허튼 소리로 들리지 않는다. '저 비싼 게 아까워/너도 나도 스마트폰'. 이 동시는 단순히 웃어넘길 수 없는 날카로운 풍자와 함께 씁쓰레함을 안겨준다.

딩동딩동
밤늦게
인터폰으로 찾아 온
1101호 아저씨
-시끄러워서 잘 수가 없어요.

엄마는
인터폰 속 아저씨께
연신 고개 숙이며
-죄송합니다.
-연년생 아들이라.

그 이후
인터폰은 울리지 않았고
우리는
1101호 아저씨를 만나면
90도로 인사한다.
1101호 아저씨

__ 최중녀, 〈1101호 아저씨〉

개인주택이 수평적 관계로 이웃과 연결돼 있다고 한다면 아파트는 수직적 관계로 이웃과 연결돼 있다. 여기에다 서로 등까지 붙다 보니 미세한 움직임조차도 전파되고 느끼게 된다. 이 〈1101호 아저씨〉는 아파트 위층과 아래층의 소음 때문에 벌어지는 이야기를 소재로 삼았다. 눈여겨 볼 것은 대화를 통해 서로 소통하며 관계하는 해결의 방법을 제시하고 있다는 점.

두 아들을 둔 1201호 엄마는 전전긍긍하며 산다. 그러다가 마침내 아래층 아저씨의 호된 항의를 받는다. 갑자기 엄마는 죄인이 되고 사정사정 애걸을 한다. '-죄송합니다/-연년생 아들이라'. 미소를 짓게 하는 건 1101호 아저씨의 태도다. 아저씨는 그 이후부터 인터폰을 울리지 않는다. 이에 두 아들은 1101호 아저씨를 만나기만 하면 허리를 90도로 꺾어 인사를 한다. 이 얼마나 보기 좋은 풍경인가.

최근 들어 층간 소음 문제로 이웃 간의 불화가 끔찍한 사건까지 낳는 현실을 볼 때 이 동시는 마치 한 송이 꽃처럼 신선한 느낌을 준다. 무엇보다도 우리들이 어떻게 더불어 살아야 하는 가를 보여주는 삶의 본보기이기도 하다. 서로를 배려하고 따뜻한 마음으로 안아주는 사회. 잘 산다는 게 뭔지, 그 해답이 이 시에 담겨 있다.

황새는 날아서

말은 뛰어서

거북이는 걸어서

달팽이는 기어서

굼벵이는 굴렀는데

한 날 한 시

한날 한시 새해 첫날에 도착했다

바위는 앉은 채로 도착해 있었다

__ 반칠환, 〈새해 첫 기적〉

날든, 뛰든, 걷든, 기든, 구르든, 무슨 상관인가

황새, 말, 거북이, 달팽이, 굼벵이가 날고, 뛰고, 걷고, 기고, 굴러서 새해에 도착한 것을 축하하는 시다. 아, 또 있다! 바위는 어느새 도착해 있었다. 출발지가 어디였는지는 몰라도, 어느 만큼의 속도로 달려왔는지는 몰라도 한날한시에 도착한 그들. 참 기특하다! 아니, 눈물이 난다. 한날한시에 도착하기 위해서 얼마나 많은 노력을 했겠는가. 발이 부르트고, 다리가 비틀리고, 숨이 얼마나 가빴겠는가. 그런 고통을 참고 이겨냈기에 약속한 날에 도착한 것이다.

그리고 보면 걷는 방법과 속도가 중요한 건 결코 아니란 얘기다. 날든, 뛰든, 걷든, 기든, 구르든 … 그게 무슨 상관인가. 자기들 나름대로 온갖 지혜를 짜냈다는 게 중요하다. 우리도 온갖 지혜를 짜내어 새해 첫날 한날한시에 도착했다. 평탄한 길을 걸어온 사람도 있겠지만 험한 산길이나 들길을 걸어온 이도 있을 것이다. 또 좋은 날씨를 만나 휘파람을 불며 온 사람도 있겠지만 궂은 날씨에 바람까지 안고 힘겹게 걸어온 이도 있을 것이다.

중요한 것은 약속한 날에 모두 도착했다는 것! 이 시는 새해를 맞는 우리들에게 주는 축하의 선물이다. 주먹을 불끈 쥐어야겠다.

만지기도 전에
아이스크림처럼 녹아
버릴 것 같은
작은 풀꽃.
그 속에
씨도 있고
노랑 수술 여섯 개
정처럼
붙어 있다.
그냥 지나치기엔
아리도록
가냘프다.

___ 정명희, 〈풀꽃〉

산길이나 들길에 나갔다가 우연히 마주치게 되는 풀꽃. 누구나 한 번쯤은 경험
했을 것이다. 시인은 그 우연한 만남을 놓치지 않고 작품 속으로 끌어들였다.

'만지기도 전에/아이스크림처럼 녹아/버릴 것 같은/작은 풀꽃'. 시인의
노래처럼 풀꽃은 작고 특별하지 않은 게 특징이다. 그래서 그냥 지나치기가
쉽다. 여기에 꽃도 화려하지 않아서 눈길을 오래 끌지도 못한다. 작고 여린
마음을 가진 이나 만나야 제 모습을 제대로 보여줄 수 있다. 나태주 시인은
그래서 "오래 보아야 예쁘다"고 했다.

5월 5일은 '어린이날'이다. '어린이날'은 1923년 소파 방정환 선생님이
어린이에게 꿈과 희망을 주자고 제창하면서 비롯되었다. 선생은 어린이를
어른의 부속물이 아닌 하나의 인격체로 여겨야 한다면서 "어린이에게 존댓
말을 쓰자"고 하신 분이다. 100년 가까이 지난 오늘, 우리 어린이들은 과연
그런 귀한 존재로 대접받고 있는지 조용히 반성해 볼 일이다. 그러나 부끄럽
게도 현실은 그렇지가 못하다. 아직도 많은 어린이들이 어른들의 폭력과 학
대를 벗어나지 못하고 있다. 특히 아동학대의 80%가 부모에 의해 저질러지
고 있다는 것은 충격적이다. 이 동시는 작고 여린 풀꽃을 통해 우리 어린이
를 돌아다보게 한다.

종이와 종이를 맞대고
딱 붙여요
떨어지지 말라고
꼭꼭 눌러요
나도 그 애한테
풀칠한 것처럼
꼭꼭 붙어서
떨어지지 않았으면
어디든 함께하는
딱 좋은
친구가 되었으면

__ 권지영, 〈딱풀〉

'붙었다'는 말은 좋은 의미로 쓰이는 예가 참 많다. 입학시험이나 취직시험에 합격이 됐을 때 우린 '붙었다'고 한다. 그런가 하면 친구끼리 항상 같이 다닐 때도 '붙어 다닌다'고 한다. 이 동시는 딱풀처럼 좋은 친구가 되기를 희망하는 마음을 담았다. 그것도 다른 사람에게 하는 게 아니라 자신에게 하는 주문이다.

사람이 일생을 사는 데 친구처럼 소중한 것이 있을까. 어릴 적에도 그렇지만 나이 들어서는 더더욱 그렇다. 만나는 것만으로도 왜 그리 좋은가. 뭘 얻어먹지 않아도 그저 좋은 사이, 그게 친구란 존재다. '딱풀'은 종이와 같은 물건 따위를 붙이는 고체형 풀로 손을 더럽히지 않고 사용할 수 있는 이점이 있다. 이 동시는 딱풀의 의미를 친구에다 갖다 붙였다. 그냥 좋은 친구가 아니라 '딱 좋은 친구'! 그런데 중요한 것은 '딱 좋은 친구'가 되려면 내가 먼저 '딱 좋은 친구'가 되는 것. 그러기 위해서는 아낌과 배려는 필수가 아닐까. 내가 먼저 친구를 위해 참된 우정을 베풀어야만 된다는 암시를 이 동시는 주고 있다.

'나도 그 애한테/풀칠한 것처럼/꼭꼭 붙어서/떨어지지 않았으면//어디든 함께하는/딱 좋은/친구가 되었으면'. 쉽게 만나 쉽게 헤어지는 작금의 인간관계를 역으로 꼬집는 작품이기도 하다.

구멍 나고
찌그러진 축구공
소나무 가지에 걸렸다

이리 뛰고
저리 뛰더니
콩닥거리는 심장을 품은
새집이 되었다

이제 새를 품었으니
맘대로 뛰어 놀 수도 없겠다

저렇게 의젓해 보긴
처음일 거야

__ 김현숙, 〈이제 새를 품었으니〉

어쩌다가 축구공이 소나무 가지에 걸렸을까. 구멍이 나서 찌그러지다 보니 아이들이 멀리 내버린다는 게 소나무 가지에 걸린 걸까? 아니면, 구멍 난 축구공을 이리저리 차다가 냅다 찬다는 게 공중으로 날아가서 소나무 가지에 걸린 걸까? 암튼 축구공이 소나무 가지에 걸린 것만은 확실하다. 그런데 구멍 난 축구공이 새집이 될 줄이야! '이리 뛰고 저리 뛰더니 콩닥거리는 심장을 품은 새집이 되었다'.

시인의 눈은 참 놀랍다! 아니 매섭다! 축구공을 새집으로 둔갑시켰다. 그것도 '콩닥거리는 심장을 품은' 새집으로. 이제 새들은 이 집에서 잠자고 놀고 알을 품을 것이다. 그러고 보면 축구공은 제 할 일을 다 하고도 남은 생生을 덤으로 보내고 있는 것. 몸이 빵빵했을 땐 아이들에게 더없는 즐거움을 줬을 것이고, 바람이 빠져서는 새들의 보금자리로 사랑을 받으니 이 얼마나 기쁜 일인가.

우리네 삶도 저런 '축구공' 삶이었으면 참 좋겠다는 생각이다. 젊었을 땐 자신의 땀과 열정을 있는 대로 다 쏟아 붓고, 노후엔 봉사로 따뜻한 시간을 보낸다면 얼마나 좋을까. '저렇게 의젓해 보긴 처음일 거야'. 우리 모두 의젓한 축구공처럼 의젓한 인생이기를!

할머니집에 들어서자

할머니가 아빠 보고 그러셨지.

이렇게 좋은 선물을 가져왔구나!

별거 아니에요. 오다가 사과 좀 샀어요.

아니 그 말고 우리 진홍이.

진홍이요? 장난만 치는 진홍이가 선물은 무슨.

그러니까 귀한 선물이지. 장난치는 사과가 어디 있겠니?

___ 권영상, 〈선물〉

새해 달력을 거는 기분은 늘 각별하다. 오랜만에 짬을 내어 사과를 사들고 찾아간 할머니 집. 깜짝 놀라며 이를 반기는 할머니. '이렇게 좋은 선물을 가져왔구나!'. 그런데 할머니가 반기는 그 선물이 사과가 아니라 손녀다. 이에 웬 뚱딴지같은 말씀이냐며 쳐다보는 아빠. '진홍이요? 장난만 치는 진홍이가 선물은 무슨.' 그러자 할머니의 말씀이 걸작이다. '그러니까 귀한 선물이지. 장난치는 사과가 어디 있겠니?'.

진홍이는 장난꾸러기인 모양이다. 그 손녀의 장난을 삶의 기쁨으로 받아들이는 할머니의 마음이 햇살처럼 넉넉하다. '장난치는 진홍이=귀한 선물'. 백번 옳은 말씀이다! 사과가 제아무리 좋은 선물이라 할지라도 진홍이 만한 선물일 순 없잖은가. 그것도 장난을 좋아하는 진홍이다. '장난'은 사람과 사람 사이에 즐거움을 만들고 웃음을 생산하는 삶의 에너지다. 아이들에게서 장난을 빼앗아간다면 무슨 즐거움이 있겠는가. 아이들은 장난을 통해서 친구를 사귀고 세상을 알아간다.

이 땅의 어린이들이 맘 놓고 뛰놀 수 있는 안전하고 아름다운 세상을 꿈꾼다.

산짐승 한 마리가
깊은 산을 혼자 넘어갑니다.
겨울 해가
가만가만 따라갑니다.
산짐승 발자국에 고인 햇살이
눈밭에 반짝입니다.
휴전선
은가시나무 골짜기
산짐승의 두 눈에
겨울 해가 넘어갑니다.
산짐승의 겨울이 깊어갑니다.

__ 이상현, 〈휴전선 겨울 수채화〉

살다 보면 잊지 말아야 할 것을 본의 아니게 잊고 사는 경우가 있다. 동^東에서 서^西로 한반도의 가운데를 가로질러 걸쳐 있는 민족의 상처인 휴전선도 그중 하나가 아닐까 싶다. 3년 간의 피비린내 나는 동족상쟁의 비극을 가까스로 멈추고 최선은 아니지만, 쌍방 간의 합의로 일단 총성을 멈춘 저 휴전.

이 동시는 제목 그대로 휴전선의 겨울 풍경을 스케치하듯 보여준다. 깊은 산을 넘어가는 산짐승을 뒤따르는 겨울 해가 퍽 인상적이다. '산짐승 발자국에 고인 햇살이/눈밭에 반짝입니다.' 눈밭에서 반짝이는 햇살은 화해와 평화에 이은 통일의 길이다. 아, 통일! 그러고 보니 참 많은 세월이 흘렀다. 총 길이 155마일, 저 철조망이 쳐진 지 어느새 반세기가 훌쩍 넘었다.

그동안 너희는 뭘 했는가? 이 시는 산짐승을 내세워 우리에게 묻고 있다. '우리의 소원은 통일. 꿈에도 소원은 통일 …'을 부르짖던 아이들도 이젠 다들 80줄에 들어선 노인이 되었다. 이 무심한 세월 앞에서 죄인 아닌 사람이 어디 있겠는가. 참 못난 민족이다. 이러고도 '한 핏줄'이라고 할 수 있겠는가. 민족의 명절 설이면 조상님들을 뵐 낯이 뜨겁다.

선생님
숙제 까먹었어요.

그랬구나.
맛있었구나.

먹고 나서
껍질은
잘 버렸니?

내일은
먹지 말고
꼭 챙겨오렴.

__ 주순옥, 〈내일은 꼭〉

어렸을 적 '선생님이 숙제만 안 내주신다면 얼마나 신날까?' 하던 때가 있었다. 그만큼 숙제는 아이들에게 부담스런 것이었다. 요즘 아이들 가운데도 그런 아이가 있을 것이다. 숙제만 없다면, 그야말로 학교가 천국일 시 분명하다.

이 시는 숙제를 까먹은 아이한테 선생님이 하시는 말씀이다. '그랬구나./맛있었구나.' 숙제가 사과나 배쯤 되는 걸로 말씀하신다. 실실 웃음이 나오려고 한다. '먹고 나서/껍질은/잘 버렸니?' 더 이상 참지 못하고 웃음이 팡 터진다. '내일은/먹지 말고/꼭 챙겨오렴.' 선생님의 당부 말씀이 회초리만큼 따끔하다.

시를 읽다 보면 우리들이 가지고 있는 교육관을 바꿀 필요가 있지 싶다. 딱딱하고 엄한 교육보다는 초콜릿이나 아이스크림 같은 부드럽고 유머스러운 교육 말이다. 선생님의 나무람일지라도 아이들 기죽이지 않고 얼마든지 효과를 낼 수 있지 않을까. 코로나로 개학이 연기돼 집에만 갇힌 아이들이 얼마나 학교를 그리워할까. 숙제를 산더미처럼 내준다고 해도 싫다고 하기는커녕 만세라도 부를 것 같다. 이 시에 내 어린 날의 추억 한 도막도 슬며시 끼워 넣고 싶다.

방파제에

웅크리고 앉은 낮달 아래

자욱한 물안개

바다로 내려앉은 궁평항

간간히 떨어지는 빗방울 소리는

펼쳐든 우산과 재회를 서두른다

파도를 밀어낸 선착장을 차지한

물놀이 나온 아이들 외침은

물이랑을 넘고

멍게 해삼 소라

즐비한 포장마차엔

쓴 소주가 감칠맛 나고

파도 타고 온 바다 이야기가

비워진 접시에 가득 담긴다

__ 김경은, 〈궁평항〉

궁평항은 화성시 서신면 궁평리에 있는 어항으로 경기도에서는 가장 큰 규모를 자랑한다. 200여 척의 어선이 드나들 수 있는 선착장과 약 1.5킬로미터 길이의 방파제를 갖추고 있다. 시인은 오랜만에 시간을 내어 궁평항을 찾았나 보다. 그런데 가는 날이 장날이라고 흐린 날씨에 간간히 빗방울까지 떨어진다. 하지만 궂은 날씨에도 아랑곳없이 궁평항을 찾은 아이들은 신바람을 내며 물놀이에 정신이 없다.

'파도를 밀어낸 선착장을 차지한/물놀이 나온 아이들 외침은/물이랑을 넘고'. 이 시는 바다와 한 몸이 된 아이들을 흐뭇한 마음으로 바라보는 시인의 마음을 잘 보여준다. '멍게 해삼 소라/즐비한 포장마차엔/쓴 소주가 감칠 맛 나고'. 바다를 바라보며 비우는 소주 한 잔의 그 즐거움을 어디 다 비기랴. 한 세상 살아내느라 자신도 모르게 낀 삶의 땟자국을 한 잔의 바다(소주)로 마음을 헹군다. 어디 그뿐인가. '파도 타고 온 바다 이야기가/비워진 접시에 가득 담긴다'.

아, 까맣게 잊고 살았던 저 어린 날의 이야기가 비워진 접시에 담기는 것을 바라보는 즐거움. 자유시와 시조를 쓰면서 시 낭송가로도 활동하고 있는 시인의 멋스러움이 한껏 배어 있다.

마당이 있는 집으로 이사 왔다
아빠는
강아지 집을 뚝딱뚝딱 만들고
엄마는
화단에 꽃씨를 뿌리고
나는 동네 곳곳을 돌아다니며
나의 길을 만든다.

＿ 박예분, 〈만든다〉

어쩌다 보니 그 편리하다는 아파트를 한 번도 살아보지 못한 채 살고 있다. 그렇다고 남들이 부러워할 만한 저택이냐 하면 그도 아니다. 그저 그렇고 그런 보통 주택이다. 단, 마당이 있고 손바닥만 한 화단이 있다. 이 동시는 마당이 있는 집으로 이사 온 아이의 이야기다.

'아빠는/강아지 집을 뚝딱뚝딱 만들고//엄마는/화단에 꽃씨를 뿌리고'. 새로 이사한 부부의 모습이 퍽 행복해 보인다. 눈여겨봐야 할 것은 강아지와 꽃도 함께 사는 집이다. 이게 아파트와 다른 점인지도 모르겠다. 내 울타리 안에 있는 강아지 집과 화단. 참 보기 좋다. 그런가 하면, 아이는 가만있지 못하고 온 동네를 구석구석 돌아다니며 새로 이사 왔다는 것을 알린다. 소위 자신의 '길'을 만드는 것이다. 아이는 그 길을 통해 친구들을 사귀고 더 너른 세상으로 나아갈 것이다.

세상천지에서 집만큼 안락한 곳이 어디 있을까. 가족만큼 소중한 게 어디 있을까. 모든 삶의 에너지는 가정에서부터 나오고, 모든 삶의 희망은 어린이로부터 싹튼다. 점점 어려워지는 지구환경과 인간의 삶, 우리 어린이들이 씩씩하고 밝게 자라도록 모두의 관심과 노력이 절실한 때다.

애달프게 돌아가신 아버지 산소에서
어느 날 정조대왕, 캄캄한 뒤주 속을 헤매는데
송충이가 사각사각, 솔잎을 먹는구나

아버지 산소의 솔잎을 먹다니
다시는 이곳에 나타나지 마라
정조대왕 호통에
송충이 알아듣고 자취를 감추었다

정조대왕, 이제 볼 수 없지만
그 깊은 효심, 솔잎처럼 푸르게
변함이 없어라

__ 은결, 〈송충이와 정조대왕〉

정조대왕은 효성이 지극한 임금으로 역사는 전한다. 뒤주에 갇혀 짧은 생을 마감한 부친 사도세자를 애달피 여겨 100리 길을 마다않고 산소 찾기를 즐겨 행했던 효자였다. 이 동시는 그분의 효심을 노래한다. '아버지 산소의 솔잎을 먹다니/다시는 이곳에 나타나지 마라/정조대왕 호통에/송충이 알아듣고 자취를 감추었다'.

소나무를 갉아먹는 송충이를 향해 호통을 치는 정조 임금과 이를 알아듣고 다시는 나타나지 않는 송충이. 이쯤 되면 미물인 송충이까지 정조대왕의 효심이 어느 정도인가를 짐작하게 해준다. 효심은 인간이 지닌 아름다운 정신 가운데 하나다. 나를 낳고 길러준 부모님을 지성으로 모시는 것은 자식 된 도리로 마땅한 일이로되 실행에는 적잖은 노력이 수반된다. 그런 뜻에서 본다면 부친을 뵈러 100리 길을 마다않고 찾았던 정조 임금의 효심은 본받을 만하다.

수원은 효원孝園의 도시이자 세계문화유산의 도시로 알려져 있다. 팔달산 정상에 있는 '효원의 종'은 사도세자를 향한 정조의 효심을 기리고자 조성되었다. 유서 깊은 도시 수원의 상징으로 주요 행사 때마다 타종한다. '정조대왕 이제 볼 수 없지만/그 깊은 효심, 솔잎처럼 푸르게/변함이 없어라'. 시인의 마지막 연은 오늘을 사는 우리 모두에게 주는 간곡한 당부는 아닐까.

옛날엔
편지를 손글씨로 썼다
종이 한 장 펴놓고

생각을 다듬어
한 줄 두 줄 편지 사연 속엔
따뜻한 마음, 정성이 가득

글씨가 비뚤배뚤
받침이 틀려도
편지 쓰는 얼굴에 번지는 미소!

그런 편지 한 장 받고 싶다
스마트폰에 찍힌 문자는 도무지
편지 같지 않아서…

__ 엄기원, 〈손글씨 편지〉

학창시절의 추억 가운데서 가장 기억에 남는 것 중 하나는 편지 쓰기였다. 고향을 일찍 떠나온 나는 좋아하는 연상의 여학생을 만나는 방법이 편지밖에 없었다. 사흘이 멀다 하고 밤을 꼬박 새워가며 썼던 편지! 지금 생각하면 내 문학의 시발점은 바로 그 편지 쓰기였다. 요즘은 휴대폰이 있어 마음만 먹으면 당장이라도 통신이 가능하지만 당시엔 편지가 유일한 방법이었다.

　편지는 정성 없이는 쓸 수 없는 통신이다. 우선 종이와 펜이 있어야한다. 여기에 편지를 쓸 만한 장소도 있어야 한다. 그것만 가지고 편지가 되느냐 하면 천만의 말씀이다. 마음속의 생각을 다듬고 이를 풀어내야 한다. 그런 후 한 자, 한 자 정성을 모아 써야 하는 손글씨. '글씨가 비뚤배뚤/받침이 틀려도/편지 쓰는 얼굴에 번지는 미소!'. 편지를 써 본 사람만이 느낄 수 있는 설렘과 행복감을 이 동시는 보여주고 있다. '그런 편지 한 장 받고 싶다/스마트폰에 찍힌 문자는 도무지/편지 같지 않아서…'.

　요즘 같은 시대에 편지라니? 그렇게 생각할 사람도 있겠지만, 손글씨 편지는 문자 이전에 '마음'이요, '정성'이란 생각이 든다. 시원한 나무 그늘 아래서 정다운 이가 보낸 편지 한 장, 정말이지 읽고 싶다.

윤수천

1942년 충북 영동에서 태어난 윤수천 작가는 1974년 소년중앙 문학상에 동화 〈산마을 아이〉
가 우수작으로 당선되고 1976년 조선일보 신춘문예에 동시 〈항아리〉가 당선되면서 활발한 작
품 활동을 시작했다. 34년간의 공무원직을 명예퇴직한 이후에도 꾸준하게 작품 활동을 해왔다.
주요 작품으로 〈엄마와 딸〉, 〈행복한 지게〉를 비롯해 '껌벙이 억수 시리즈'등 80여 권이 있다.
특히 《껌벙이 억수》는 2007년 한국의 창작동화 50선, 한우리독서문화운동본부 추천도서에 선
정되는 등 학부모와 어린이들로부터 많은 사랑을 받고 있는 작품이다. 동화 〈할아버지와 보청
기〉, 〈행복한 지게〉, 〈별에서 온 은실이〉, 〈껌벙이 억수〉, 〈쫑쫑이와 넓죽이〉 등 8편의 작품을 비
롯해 동시 〈연을 올리며〉와 시 〈바람 부는 날의 풀〉은 교과서에도 실려 오랫동안 사랑을 받았
으며 몇몇 작품들은 중국, 일본 등 외국에도 번역 출판되었다. 또한 〈섬〉과 〈바람 부는 날의 풀〉
은 가곡으로도 불리고 있다.
현재 한국아동문학인협회 자문위원, 수원문인협회 고문을 맡고 있으며, 창작 및 문단활동 외에
도 일반인을 대상으로 글쓰기 강의를 꾸준히 해오고 있다.